こぎつね、わらわら
稲荷神のおまつり飯

松幸かほ

SKYHIGH文庫

おしながき

豊《とよ》峯《みね》
ちょっと泣き虫な狐。
歌が上手。
浅葱《あさぎ》&萌黄《もえぎ》
双子の狐。
浅葱は活発、
萌黄はおとなしい系。
どちらも頑固。
寿々《すず》
赤ちゃん狐。
とっても可愛い。
時雨《しぐれ》
オネエ(?)稲荷。
可愛いものが大好き♥
濱旭《はまあさひ》
やんちゃ系の稲荷。
機械関連が得意。

登場人物紹介
illustration テクノサマタ
加ノ原《かのはら》 秀尚《ひでひさ》
京都の食事処「加ノ屋」の料理人。26歳。まっすぐな性格で情に厚い。
陽炎《かぎろい》
「あわいの地」警備担当。明るいムードメーカー。
冬雪《とうせつ》
本宮との連絡役兼「あわいの地」警備担当。たらし。
薄緋《うすあけ》
「萌芽の館」の館長である保育狐。ちょっと怖い。
景仙《けいぜん》
おっとり系の稲荷。既婚者。

こぎつね、わらわら

稲荷《いなり》神《がみ》のおまつり飯《めし》

Inarigami no
omatsuri meshi

花の咲き乱れる庭園には、高く響き渡る小鼓《こつづみ》の音。

それに合わせて、のびやかで明るい声が歌を添える。

美しい調和を見せる歌声と鼓の音に、庭園の花々も、うっとりと聞き入っているように見える。

「たのしいね」

「うん、たのしい。ね、もういちど、つづみ、たたいて」

「いいよ。じゃあ、もういちど、おうたうたってくれる？」

二人の幼い子供たち——なぜか、それぞれに形も色も違うが、頭の両横には耳、そしてお尻のあたりには尻尾《しっぽ》を持っている——は、再び、小鼓を打ち、その音に合わせて歌い始めた。

緩やかに時の流れる庭園には、二人以外誰の姿もなく、まるで秘密の庭のようだ。

だが、二人は互いの名前を知らない。

ただ、今日、ここで初めて会ったのだ。

しかし、幼い者の心の垣根は低く、初対面でも少し話して気が合えば、あっという間にもう何年も一緒にいるように親しくなる。

「たのしいね」

「うん、すごくたのしい」

二人は顔を見合わせて、笑い合う。

小鼓と、歌声。

美しく響き合うそれを、互いが羨《うらや》ましく思い——そして二人は約束した。

『こうかんしよう』と。

それは、人知れぬ庭での、二人だけの約束だった。

一

京都《きょうと》は、盆地である。

盆地の定めとして、夏は熱気が溜まり、蒸し暑い。

殺意が湧くレベルだが、あまりの暑さにそれすら萎《な》え、何もしたくなくなるレベルである。

その京都市から離れた、とある山の、ふもとよりはやや上、中腹よりはやや下という微妙なところに、食事処「加ノ屋《かのや》」はある。

交通の便のいい場所にあるというわけでもなく、朝十時半に開店し、夕方五時に閉店という決して長くはない営業時間ながら、結構な繁盛具合である。

その店を一人で切り盛りしているのは、店主である加ノ原秀尚《かのはらひでひさ》だ。

もともとはホテルのメインダイニングで料理人として働いていた彼の作る料理は、どれもおいしいと評判だ。

そんな加ノ屋の定休日は隔週火曜と、毎週の水曜日である。

一人で店を切り盛りする秀尚がゆっくりのんびりできる癒しの日――かといえばそうでもない。

今日は定休日の火曜。適温で入れたクーラーの効いた店の住居になっている二階で、

「かのさん、これ、よんでください」

そう言って秀尚に絵本を差し出したのは、四歳くらいの、丸いレンズのメガネをかけたとても愛らしい子供だ。

肩から下げたスリングの中には、ふわふわの毛なみの仔狐がいて、ちょこんと顔を覗《のぞ》かせている。

そのふわふわの毛なみと同じくらいふわふわの獣耳を、その子供も持っている。いや、耳だけではなく尻尾も、だ。

「お、三匹の子豚か」

「すーちゃんと、いっしょにえらんだんです」

にこにこしながら言い、スリングの中の仔狐に視線を向ける。

「そっか、萌黄《もえぎ》とすーちゃんの二人で選んだのか。おいで」

秀尚は言って、萌黄を胡坐《あぐら》をかいた自分の足の間に座らせる。

「『むかしむかし、あるところに三匹の子豚の兄弟がいました』」

秀尚は絵本を読み始める。

その秀尚の近くには他の子供たち――彼らもなぜだか、立派な耳と尻尾を有している――がいて、絵本を横から覗き込んで一緒に楽しんだり、ブロックで遊んだり、お絵かきをしたり、はたまた、空気を回すために入れている扇風機に向かって声を出して、その声の揺れを楽しんだりと、思い思いにすごしている。

その耳と尻尾から分かるとおり、彼らは普通の人間の子供ではない。

彼らは狐で、将来稲荷神《いなりがみ》となる素質を秘めた子供たちなのだ。

普段、人の世界と神の世界の間にある「あわい」と呼ばれる地に住まい、そこにある「萌芽《ほうが》の館《やかた》」で養育されている。

それがなにゆえ、人界に――というか、この「加ノ屋」に来ているのかといえば、そのきっかけは偶然というか、運命と言うしかないだろう。

秀尚は、この加ノ屋を開く前は、とあるチェーン展開のホテルのメインダイニングでシェフとして働いていた。

だが、そこでちょっとしたトラブルが起き、秀尚は気分転換とお祓いを兼ねて、寺社仏閣巡りをした。

その際、加ノ屋のある山の頂上近くにある神社にお参りをする最中で道に迷い、遭難しかかった際に、なんとも不思議なことに、子供たちの住まう「あわい」の地に行ってしまったのだ。

その時の縁が元で、今もこうして交流があるのだ。

「こうして、三匹の子豚はそれからも仲良く暮らしましたとさ。終わり」

秀尚が読み終わると、萌黄はゆっくりと秀尚の足の間から立ち上がり、

「ありがとうございました」

と、律儀《りちぎ》にお礼を言う。

「どういたしまして。あー、すーちゃん、寝ちゃったなぁ。萌黄、すーちゃん、あっちで寝かしてやろう」

立ち上がった萌黄のスリングから顔を出していた寿々《すず》が、どう見てもスヤスヤと眠っているので、秀尚が声をかける。

寿々は、もともとはもう少し大きかった。

萌黄たちよりは小さかったが、人の姿になることもできたし――とはいえ、変化《へんげ》の仕方が甘く、手足が狐のままなこともも多かったし、どう頑張っても人の姿になれないこともあったが――今のような赤ちゃん狐というわけではなかった。

しかし、ちょっとした出来事があって、今は赤ちゃんに戻ってしまい、その時一緒にいた萌黄は深く責任を感じて、こうしてずっと寿々を抱いているのだ。

とはいえ、もともと萌黄は面倒見がよかったので、責任感だけから寿々の世話をしているわけではない。

前は思い詰めている節《ふし》もあったのだが、今はすっかり、寿々の世話をすることが「普通」になっている。

そのため、寿々が寝ている時は、別の場所にそっと寝かせておく、ということもすんなり受け入れてくれるようになっていた。

眠ってしまった寿々を起こさないようにそっと萌黄からスリングを外し、座布団の上に寝かせる。

寿々はまったく起きる気配を見せず、すやすやと大人しく眠る。

その様子を萌黄と一緒にしばらく眺めていると、

「かのさん、つぎ、これよんで」

絵本の順番待ちをしていた実藤《さねふじ》という子供が、お気に入りの絵本を手に、秀尚に声をかけてきた。子供たちの中では一番濃い髪色をしていて、目も濃褐色で、大人しげな顔立ちだ。性格も大人しくて、インドア派である。

「ああ、待たせてごめん。じゃあ、読もうか」

秀尚は元の位置に戻って座り、さっき萌黄にした時と同じように足の間に実藤を座らせて絵本を読み始める。

加ノ屋の定休日は、どうしても外せない予定や、すませてしまわねばならない用件がある時以外は、こうして、遊びに来る子供たちと一緒に過ごす。

もちろん、いつもどおりに三食、ちゃんと準備をしなければならないし、こうして遊び相手もしなくてはならない。

けれど、なぜか疲れを感じることはなかった。

一人で過ごす休日もリフレッシュできるし、時には必要だなと思うこともあるのだが、本当に時々——季節に一度くらいあればいいかな、と思う。

それなりにすることもあるけれど、楽しく過ごせる充実した日。

それが、秀尚にとっての休日だ。

「かのさん、てれびみていい？」

ブロックで作品作りをしていた浅葱《あさぎ》という子供が、今日の作品作りを終えて満足したのか、次の遊びを求めてそう聞いてきた。浅葱は萌黄と双子の兄弟で顔立ちはそっくりだが、萌黄がどちらかといえばインドア派なのに対して、浅葱はアウトドア派で、見るからに活発そうな雰囲気がある。

「ああ、いいよ」

彼らの言う「テレビ」は通常の放送のことではなく、彼らのために秀尚が録画をしていたり、レンタル落ちで中古で販売されていたりする、彼らの大好きなアニメなどのＤＶＤのことだ。

「えいがのもんすーんみたい！」

「えー、このまえのつづきみようよー」

『テレビ』と聞いて、子供たちがわらわらとテレビの前に集まりだす。やはり見るのは、子供のみならず幅広い年齢層に大人気のアニメ『魔法少年モンスーン』のようだ。その中、最初にテレビを見たいと言い出した浅葱が決を採る。

「えいがみたいひと、てをあげてー。いち、に、さん……、じゃあ、つぎに、まえのつづきみたいひとー。いち、に、さん……」

数えて浅葱は困った顔をして、

「……かのさん、どっちもおなじかず。どうしたらいい？」

と、相談を持ちかけてくる。

同数になるのは想定外だったようだ。

「そうだなぁ……」

秀尚は時計をちらりと見やる。午後二時過ぎ、おやつの時間まで一時間もなかった。

「映画にすると、おやつの時間と重なっちゃうから、今日はこの前の続きにしたらどうかな」

秀尚の助言に、映画を推していた子供も納得した様子で頷《うなず》いた。

「じゃあ、きょうは、このまえのつづき！」

「うん、このまえのつづきー」

見るものが決まったので、浅葱はテレビのスイッチを入れる。

テレビの見方や、録画機器の操作方法などは、習得ずみの彼らだが、萌芽の館で彼らを監督している薄緋《うすあけ》という、男性ながら「美人」という言葉がぴったりと当てはまる大人稲荷から、

『テレビを見る時は、必ず加ノ原殿の許可を取りなさい。それから、だらだらと見てはいけません。二時間までです』

と、厳しく言いつけられていて、それをきちんと守るいい子たちでもあるのだ。

さて、テレビのスイッチを入れたところ、

『……の神社では、恒例の夏祭りが行われ、多くの人で賑わっています』

ちょうどワイドショーの時間で、どこかの祭りの中継が映し出された。

笛や太鼓の音と共に、様々な出店の様子が画面に次々に映し出される。

「かのさん、かのさん！　これ、なに？」

「なにしてるところ？」

目をキラキラさせて、子供たちが問う。

「どこかの夏祭りみたいだな」

秀尚が返すと、子供たちは「おおー」とどこかどよめきにも似た声を上げた。

「おまつり」

「うすあけさまからきいてる『おまつり』とは、ちがいますね」

萌黄の呟きに、他の子供たちも頷く。

一応『お祭り』というものの存在を知っていることだけは分かったが、彼らがどんなものを『おまつり』として聞いているのか興味が湧いた秀尚は、

「薄緋さんは、お祭りって、どんなのだって話してた？」

そう聞いてみた。

「えっとね、ほんぐうで、おとなのひとたちがたくさんあつまって、のりとをあげたりするって」

「おんがくをえんそうしたり、ほうのうまいっていうのをおどったりするひともいるって」

「そのあいだ、ずっとすわってじっとしてるっていってた！」

どうやら彼らは『儀式』のことを聞いているらしい。

——っていうか、お稲荷様たちにとってのお祭りって、儀式メインだよな……。

実際、人の世界でも大事なのはその儀式の部分で、テレビで映されているような出店を見て回ったり、流れる音頭《おんど》に合わせて踊ったり、というのはいわばおまけの部分だろう。

だが、その「おまけ」の部分にみんな惹かれるのだ。

それは子供たちも同じだったらしく、テレビ画面に映る祭りの中継に見入っている。

「いいなぁ、おまつり」

「おいしそうなもの、みんなたべてる……」

リンゴ飴や、イカ焼き、フランクフルト、わたあめなど、子供の興味を引きそうなものがどんどん画面に映し出されて、この流れに秀尚は危機感を覚えた。

子供たちは好奇心の塊だ。

面白そうなものを見れば必ず、「やってみたい」「いってみたい」になるのは目に見えている。

「みんな、モンスーンは見なくていいのか？　一本も見ないうちにおやつの時間になっちゃうぞ？」

秀尚が声をかけると、子供たちはハッとした顔になり、

「あさぎちゃん、もんすーん、みよ！」

「このまえのつづきー！」

本来の目的を思い出し、リモコンを握る浅葱にリクエストをする。

その声に浅葱は、リモコンを操作して画面を切り替え、ＤＶＤを入れて再生する。

お馴染みのオープニングソングが流れ出すと、子供たちは合唱を始め、あっという間にアニメに夢中になる。

秀尚はそれにほっとしつつ、膝《ひざ》の上の実藤に絵本の続きを読んでやった。

◆◇◆

翌日も、昼前に子供たちは加ノ屋にやってきた。

今週は二日連続で加ノ屋が休みになる週なのだ。

だが、今日は子供たちだけではなく、陽炎《かぎろい》という大人の稲荷と一緒にやってきた。

陽炎は子供たちのいる、あわいの地の警備を担当している六尾の稲荷だ。髪も目も、そして肌も全体的に色素が薄く、華やかな容姿だが、細身の体から、どこか儚げな様子もある。もっとも様子だけで、儚さとは程遠い性格だ。

外見上の年齢は秀尚とさほど変わらないように見えるのだが、実際には二百歳以上というかなりの年齢だ。

とはいえ軽妙な性格で、様々なことを面白がる。

今、彼の興味を一番引いているのは、

「加ノ原殿、今週号はどこだ？」

「あ、そこの料理本の下にありませんか？」

「ああ、ここか？　あった、あった。さて、続きはどうなった？」

週刊少年誌の人気連載だったりする。

——二百年以上生きてても、俺たちと大して変わらないところもあるんだよな……。

とはいえ、これまでの知識と経験から、時として深い助言を与えてくれることもあるので侮《あなど》れない。

いや、神様——実際には神様ではなく、稲荷神の神使《しんし》という立場らしいのだが、秀尚から見れば神様と同等で、彼らも、人間が彼ら神使を『稲荷神』と混同していることは重々承知のことらしく、もはやいちいち訂正もしない——なので、基本的に侮ったりはしていないのだが、寝転んで漫画を読んでいる姿を見ていると、人間と大差ないような感覚を持ってしまう。

「かのさん、きょうのおひるは、なんのおうどんにするの？」

「はたえね、やきうどんがたべたいの」

目を輝かせて昼食について聞いてくるのは、十重《とえ》と二十重《はたえ》という双子の子供だ。二人は萌芽の館では唯一の女子だ。

なんでも、稲荷の大半は男で、女子は一握りしかいないらしい。

稲荷未満の者の数は男女差がさほどないらしいのだが、そこから稲荷になれる者となると一気に女子率が下がるらしいのだ。

その代わりと言っていいのかどうかは分からないが、女子で稲荷になる者は七尾以上になることが確定らしい。

この愛らしい双子姉妹も、将来は七尾以上になるようである。

とはいえ、今は他の子供たちとなんの変わりもなく一緒になって遊んでいるし、他の子供たちも同様だ。

「焼きうどんか。じゃあ、今日は久しぶりに焼きうどんにしよう」

加ノ屋で出す子供たちの昼食はうどんかそばと決まっている。

店で出している定番メニューから、まかない食として秀尚がたまに食べているスパゲティの「麺《めん》だけうどん」バージョンなどいろいろあるので、子供たちは飽きずに食べてくれる。

それに、そういう決まりなのだと最初に言ってあるので特に疑問も持たずに食べてくれている。

その分と言ってはなんだが、夕食は少し手の込んだものを作ることにしていた。

「焼きうどんか、いいねぇ。紅ショウガを多めに載せるのが、またうまいんだ。これにビールなんかがついてくると最高なんだがな」

漫画を読んでいた陽炎が参戦してくる。

「子供たちの手前、昼間っからの飲みは禁止です」

「居酒屋でもう一度、焼きうどんを出してくれても構わんぞ」

「別にいいですけど、飽きませんか？」

「うまいものは二回くらいなら続いても飽きたりはしない。むしろ、連続で食いたくなるもんじゃないか？」

　そこまで言われてはリクエストに応えないわけにはいかないというか、そもそも断る気はなかったし、単に気を遣って飽きないかと聞いただけの話だ。

「分かりました。じゃあ、夜にまた作りますね」

　秀尚が言うと、陽炎は親指を立ててから、漫画に目を戻した。

　陽炎の言う「居酒屋」というのは、加ノ屋の閉店後——定休日も基本毎夜——、八時あたりから加ノ屋の厨房で開かれる大人稲荷たち専用の飲食の場のことである。

　あわいの地に迷い込んでしまった時、秀尚は子供たちのために料理を作っていた。大人になれば食事の必要がなく「気」を食べて生きていけるらしいのだが、子供たちにはまだ普通の食事が必要だったからだ。

　そしてその調理も、大人の稲荷たちが作ると「神気《しんき》」が混ざってしまい、それを常食するのは子供たちによくないということで、人界で調達してきた出来合いの総菜やインスタント食品、弁当を食べさせていて、それを知った秀尚の料理人魂に火が点いてしまったのだ。

そして、秀尚の料理を食べた陽炎が、夜の仕込み時間に友人の稲荷を連れてきて、その時にちょっとしたものを作って出したのがきっかけで、夜の仕込み時間に大人稲荷たちがやってきて、居酒屋のようになってしまったのだ。

それが人界に戻った今も続いていていて、秀尚は店の仕込みついでに彼らに料理を提供し、その見返りとして「加ノ屋のいい感じの繁盛」を約束してくれているのだ。

もっとも、あくまでも秀尚が出すのは料理のみで、酒は彼らの持ち込みだ。

それも最初からの約束で、それぞれ好みの酒――ビールにウイスキー、ワインに日本酒、焼酎と、とにかくいろいろだ――を持ち込んでいた。

「じゃあ、陽炎さん、俺、昼飯の準備してくるんで、みんなを見ててくれますか?」

しばらく二階で子供たちと遊んでから、秀尚は昼食の準備に、一階の厨房に下りることにした。

「かのさん、おりょうりするところ、みてたいから、いっしょにいっていい?」

そう聞いてきたのは、切り揃えられた前髪の愛らしい豊峯《とよみね》という子供だ。

「あ、ぼくもいく!」

そう言ったのは、まだ人の姿になれない狐姿のままの稀永《まれなが》だ。

「いいぞー。じゃあ、二人、一緒に行こうか」

秀尚がＯＫを出すと、豊峯は稀永を抱き上げた。

秀尚が食事の準備に下りる時には、時折こうして誰かがついてきたがることがある。

最初の頃、一人が言い出した時にみんなが行きたいとちょっと騒いだことがあったが、厨房の広さから全員を、というのは無理だし、何より、ちょっと邪魔になるので、「見学は二人か三人まで」と決め、以来、候補者が多くなるとじゃんけんで決めている。

もっとも、秀尚が食事の準備をするところはもう珍しくなくなっていて、最近ではたまに誰かがついてきたがる程度になっていた。

こうして、秀尚は豊峯と稀永と一緒に厨房に下りた。

「かのさん、おてつだい、なにかある？」

豊峯が問うのに、秀尚は少し考える。

だが、今日の昼食の焼きうどんで子供に手伝ってもらえそうな作業は思いつかなかった。

「んー、今は大丈夫。あとで、お店のほうにみんなのお箸《はし》とか運ぶ時に手伝ってくれる？」

秀尚が言うと、豊峯と稀永は頷いた。もっとも、稀永には箸を運ぶことも無理なのだが。

「じゃあ、ここにすわってみてていい？」

豊峯は厨房の中の配膳台の脇に積んで置いてあるイスを指差した。

その配膳台とイスが、夜に開店する居酒屋で大人稲荷たちの客席となるものだ。

「ああ。イス、下ろそうな」

秀尚はそう言ってイスを二つ下ろして、自分の作業の邪魔にならない場所に並べて置く。

「かのさん、ありがとう」

「じゃあ、ぼく、こっちにすわる」

豊峯に抱かれていた稀永が、ひょいっと片側のイスに飛び移った。そして、豊峯は隣に腰を下ろした。

それを見やってから、秀尚は焼きうどん作りを始めた。

秀尚は基本的に焼きそばと同じ食材で作る。

キャベツ、ニンジン、タマネギ、ピーマン――は子供たちが苦手にしているものの、まったく入れないのも食育的にどうかと思うので少し入れ、あとはパプリカで増量する。

それから、残り食材の中からシメジを入れ、あとは薄切りの豚肉だ。

キャベツとタマネギはざく切りにして、ニンジンは皮を剥き、五センチくらいの長さで細切りに、ピーマンとパプリカは種を取って千切り、そしてシメジは根元を切ってばらけさせた。

それから豚肉を一口大に切り、食材が揃ったところで、冷凍のうどんを沸かしておいた湯で戻す。

うどんの準備をしている間に、コンロにフライパンを四つ並べて、三人分ずつ、野菜を一気に炒めていく。

少ししんなりしたところで、湯切りしたうどんを入れ、合わせて炒めながら塩と胡椒、そしてソースで味付けをする。ほんの少し、隠し味に醤油を入れるのが秀尚は好きだ。

「豊《とよ》、稀永、味見して」

秀尚は小鉢に麺を一本ずつ載せると豊峯と稀永に差し出した。

豊峯は受け取って自分で食べ、稀永は秀尚が持っている小鉢に口を寄せてパクリと食べた。

「「おいしい！」」

声を揃えて笑顔で言う二人に、

「よかった。じゃあ、皿に盛って…紅ショウガとか、青ノリは自分でトッピングしてもらおうかな」

秀尚はフライパンの火を止めて、配膳台に皿を並べていく。

「二人は、みんなのお箸を準備してくれる？」

秀尚はそう言って、箸立てを豊峯に差し出した。

箸はそれぞれみんなの名前が入った塗り箸だ。

人界で普通に人間と一緒に働いている濱旭《はまあさひ》という居酒屋の常連稲荷が、出張で福井《ふくい》に行った時に買い求めてきた若狭塗《わかさ》の箸だ。

子供たち全員に土産《みやげ》として買ってきてくれたのである。

その中でも、稀永と経寿《つねひさ》はまだ変化《へんげ》ができないので箸が使えないし、赤ん坊の寿々も同じくだが、「自分の名前の書かれた箸」はテンションが上がるようで、人の姿になって箸を使えるようになるのを楽しみにしている。

他の子供たちは、もともと箸がそこそこ使えたが、スプーンやフォークのほうが食べやすいので、三種類をセットにして置いておくと、途中でスプーンやフォークに持ち変えたら、最後までもうそのままだった。

しかし、自分専用の箸をもらってからは「そのお箸で食べたい」という欲求が強くなったようで、よっぽど食べづらいもの以外は、みんな箸を使うようになり、箸使いのレベルが格段に上がった。

——こういうのも食育だよなぁ。

しみじみと思う秀尚である。

さて、昼食の準備が整い、二階で遊んでいる子供たちと陽炎を呼び、全員で揃って昼食である。

「んー、おいしー！」

「おいしいねー」

そこかしこで子供たちから満足そうな声が上がるのに喜びながら、秀尚は寿々に離乳食を食べさせる。

ミルクは卒業した寿々だが、まだみんなと同じものは食べられないので、寿々の昼食は柔らかく茹《ゆ》でたうどんを短めに切ったものだ。

味付けは優しい和風出汁である。

専用の器に準備しておくと自分で食べ始めるが、やや食べるのが下手なので、時には顔じゅうをご飯まみれにすることもあるし、器からおかず類に逃げられることも多い。

今も、食べやすいように短くしたうどんの何本かに器の外に脱走され、途方に暮れたような様子で秀尚を見上げてきた。

無論、そうなるのは予想できていて、器の下に皿を置き、さらにトレイにも載せてあったため、皿の上に落ちた分はセーフとみなし、秀尚が寿々の箸でつまんで口に運んでやる。

「はい、すーちゃん、あーんして」

声をかけると寿々は口を開け、そこにうどんを落としてやると、パクッと食べた。

「上手上手」

頭を撫でて褒《ほ》めてやっていると、

「おまえさん、そうしてるとまるで親子のようだぞ」

笑いながら陽炎が言った。

「まあ、このくらいの年頃の子供がいたとしても特におかしくはない年齢ではありますけど……完全に種族を超えましたね」

稀に人の姿になることもある寿々だが、基本は狐だ。他の子供たちにしても——子供たちだけではなく陽炎も狐である。

普通に会話ができるので普段は気にもしていないし、言い方はどうかと思うがペットを家族のように感じている人も多いから、寿々にしても他の子供たちにしても、自分の身内のように感じ始めていることに秀尚は気づく。

——お稲荷様や、お稲荷様候補の子供たちと身内感覚って、我ながらすごいよな……。

以前ならまったく考えもしなかったことだ。

——人生って本当に何が起こるか分かんない……。

そんなことを秀尚は思った。

食事が終わり、秀尚は片づけとおやつの下準備をしてから二階に戻った。

みんないつものように、小さいいくつかの塊になって遊んでいて、今は、ブロック班、お絵かき班、秀尚に絵本を読んでもらう班ができている。十重と二十重だけは小さな折りたたみの鏡を前に新しい髪型を考えているらしく、頭の何ヶ所かの髪がゴムで括《くく》られていて、なかなかにファンキーな髪型だった。

「かのさん、どっちのかみがたがいい？」

二十重が聞いてくる。頭のてっぺんに噴水のような一つ括りがあり、キラキラとしたプラスチックのハートの飾りがついていて、両サイドの髪は合わせて十本ほどの細かな三つ編みにされていた。

対して十重は両耳を覆うような形でお団子が作られていて、そのどちらにも大きなマカロンの飾りとリボンがてんこ盛りについていた。

「うーん……甲乙《こうおつ》つけがたいかな」

どっちも微妙な気がしたが、言葉を濁して判定をごまかした秀尚は、

「時雨《しぐれ》さんなら、お洒落に敏感だから、今度、時雨さんに聞くといいよ」

と、常連稲荷の一人の名前を上げる。

すると二人はぱっと顔をほころばせながら頷いた。

二人に様々なおしゃれ道具――リボンや、カチューシャなどの髪飾りの類《たぐい》だ――を折に触れてプレゼントしてくれているのが、人界で働いているその稲荷だ。

「しぐれさま！」

「しぐれさま、こんどは、いつあえますか？」

二人が目をキラキラさせて聞く。

時雨はほぼ毎晩、居酒屋に顔を出すが、その時間は子供たちは館に戻っている。

そして人界でサラリーマンとして働いているので、平日の日中は会社で、週末は部屋の

片づけをしたり、会社の同僚（主に女子）に悩み相談を兼ねて呼び出されたりしていて、結構忙しい様子だ。

しかし、

「二人が会いたがってたよって伝えとくね。早いタイミングで、会いに来てくれると思う」

時雨が子供たちを可愛がっているのは充分分かっているので、会いたがっていたと伝えれば早めに用事をすませて会いに行くだろうと予想できたので、そう伝える。

すると、二人は嬉しそうに笑って、やった、と互いの両手を合わせて喜ぶ。その様子を可愛いなと思っていた秀尚だが、ふと見ると二人の鏡が合わせ鏡のようになっているのに気づいた。

知らぬ間にどちらかの腕でも当たって位置が変わってしまったのだろう。

互いの鏡の中に無限に鏡が映し出されていた。

「合わせ鏡になっちゃってるね。戻さないと」

秀尚はそう言って、鏡の位置を変えた。

「あわせかがみ？」

十重が不思議そうな顔をして問う。

「うん。鏡同士を正面に置いて映し合うのを合わせ鏡って言うんだけど、あんまりよくないんだって」

　秀尚がそう言うのに、

「意外だな、おまえさんがそんなことを知ってるなんて」

　殊尋《ことひろ》を膝の上に乗せ、絵本を読んでやっていた陽炎が、少し驚いた様子で言った。

「小さい時、ばあちゃんに言われたんですよ。ばあちゃんの三面鏡で、いくつも自分の顔が映ってるのが面白くて遊んでたら、鏡の向こうにある世界と繋がって、そこから鬼が出てきて連れてかれちゃうよって」

　そんなこと嘘だ、と返した秀尚に、祖母は悲しそうな顔をして、

『嘘だったらいいね。秀《ひで》ちゃん、今日は好きなものなんでもおじいちゃんに作ってもらって、いっぱい食べていったらいいよ。最後かもしれんからね』

　しみじみとした様子で言い、それがやたらとリアルで、秀尚は慌てて三面鏡を閉じた。

　多分、躾《しつけ》の一環としての演技だったのだと思うが、幼少期の秀尚には祖母のその言葉はインパクトが強くて、しばらくは祖父母の家に遊びに行っても、祖母の三面鏡の――閉じてあっても――中から誰かが出てきそうな気がしたものだ。

「鏡ってのは、昔は呪術の道具だったからな。今でも、ものによっちゃあそういった力を宿してるものがあるし、それなりに力のある者が使えば、普通の鏡でも、な」

　陽炎が言うのに、十重と二十重は、

「そういえば、うすあけさまが、かがみをつかったあとは、ちゃんとぬのをかけておきなさいって」

「それって、かがみのむこうにつれてかれちゃうからなんだ！」

真剣な顔で納得したように言う。

「まあ、異世界と考えていいんだろうけど……」

秀尚はそう言って、自分にとって異世界はあわいだろうし、あわいに住まう彼らにとって異世界は人界なんじゃないだろうかと思う。

――合わせ鏡をするまでもなく、うちの押し入れの襖、繋がってるんだよな……。

何の変哲もない問題の押し入れの襖を見て、秀尚は微妙な気持ちになる。

もちろん、秀尚が開けたところでただの押し入れでしかないわけだが、子供たちや大人稲荷たちが使えば、そこはあわいと繋がる扉なのだ。

――考えたら、押し入れと異世界が繋がってるって、シュールっていうか……。

とはいえ、最初の頃、特に繋げる場所が決まっていなかった頃は、わりといろいろな場所が扉として繋がっていた。加ノ屋には二階の住居部分、店、そして厨房にそれぞれ一つずつ、全部で三つのお手洗いがあるのだが、当時は店のお手洗い以外は壊れていて使うことができなかった。

にもかかわらず、その唯一使用可能だった店のお手洗いの扉が、あわいと繋がってしまったことがある。

しかもその日に空間を繋いだ浅葱の術が甘かったせいで、本来、秀尚が開けてもそこは普通にお手洗いのはずなのに、見慣れた萌芽の館の子供部屋になっていて、秀尚はいろんな意味でピンチを迎えたことがあった。

そういった経緯から、繋がる場所を固定することになり、秀尚が寝室として使っているこの部屋の押し入れが繋がりやすい場所だということになって、使われているわけだが、もう少しありがたみのある場所がなかったのかな、とも思う。

「まあ、人界でただの人間が合わせ鏡をやっても問題が起きることのほうが少ないが、十重と二十重は気をつけるんだぞ」

陽炎が注意を促すと、二人は声を揃えて、はーい、と返事をする。

それに陽炎は頷いてから、殊尋に続きを読み始める。

昼食後はお腹も膨れて眠気を誘われることもあって、まだ赤ちゃんの寿々は一日の大半を寝ているが、その寿々を挟むように稀永と経寿の狐姿の二匹も丸くなって寝ていた。

その中、

「かのさん、きのうのつづきみてもいい？」

と、ブロック遊びに飽きた豊峯が聞いた。

「ああ、いいぞ」

秀尚が許可を出すと、お絵かきをしていた実藤と萌黄、そして豊峯と一緒にブロックをしていた浅葱、そして髪型を決め直していた十重と二十重もテレビ前に集合する。

ちょうど、絵本も読み終わったところだったので、殊尋も陽炎と一緒にテレビ前に合流して、昨日の続きのDVDを見ることになった。

慣れた様子で豊峯がテレビの電源を入れると、

『――で行われている夏祭りなんですが、今年は建立二百年の記念として、例年より規模が大きいんです』

季節柄、ニュースやワイドショーで祭りの光景が流されるのは仕方がないと思う。

仕方ないが二日連続となると、子供たちの意識をさりげなく祭りから遠ざけさせて、速やかにアニメ観賞に移行させるのがかなり難しい。

現に子供たちの目は、映し出される『昨夜の宵宮《よいみや》ダイジェスト』的な編集映像に釘づけでキラッキラだった。

――さあ、どうする？　夏休みのほうに話題を振って、モンスーンの新作映画に繋げるか？

秀尚が作戦を練る中、

「人界の祭りは楽しそうでいいよなぁ」

そう呟いたのは、陽炎だ。

「たのしくないおまつりも、あるんですか？」

不思議そうに萌黄が問う。

「楽しくないってわけじゃないが……俺たちは儀式に出る側だから、いろいろと忙しいし、気も張るからな。まあ、奉納《ほうのう》される歌舞音曲《かぶおんぎょく》は楽しいが、こういう、夜店を冷やかして回ったりっていう楽しさとはまた違うな」

陽炎の言葉を聞きながらも、画面に見入っていた子供たちは、

「にんぎょうやきって、おいしそう……」

「きんぎょすくいって、きんぎょさんをかみでとるの？　やってみたい！」

「にんげんのおまつり、いってみたいなぁ……」

ますます祭りの光景にうっとりだ。

——あー、マジでヤバい。

さりげなく話題を変えよう、と秀尚が口を開きかけたその時、

「俺は、何度か人界の祭りに行ったことがあるぞ」

どこか自慢げに陽炎が言った。

——ちょ……！

秀尚は陽炎を見て、アイコンタクトを取り、その話はまずいと伝えようとしたが、あいにく陽炎は秀尚のほうをまったく見ていなかった。

「かぎろいさま！　おまつりのおはなしきかせてください！」

「りんごあめは、たべましたか？」

「ふらんくふるとは？」

一斉に子供たちは陽炎の周りに集まり、質問攻めを始める。

それにまんざらでもない様子で、陽炎は、

「そうだな、じゃあ、出店で食べたおいしいものベスト3の発表といくか」

にこやかに自慢を始め、秀尚は、

——ああ、終わった……、何もかも終わった……。

チベットスナギツネのような目で陽炎を見つめる。

そんな秀尚の視線に気づくことなく、

「まず！　第三位は……アメリカンドッグ！」

「おおー……」

どよめきと同時に、

「あめりかんどっぐって、どんなたべものですか？」

聞いたことのない食べ物に素直な疑問が飛び出す。

「アメリカンドッグっていうのは、フランクフルトの周りにちょっと甘い、ふわっふわの衣がついてて、それを油で揚げてあるんだ。そこにケチャップをつけて食うんだが、ケチャップの酸味と、衣の甘さ、それからフランクフルトの肉の味が口の中で複雑に混ざり合ってなんとも言えんうまさだな」

思い入れたっぷりに陽炎は言う。

そこから、二位、一位、と発表は進み、終わった時には子供たちの心は完全にお祭りに持っていかれていた。

そうなれば当然、

「おまつり、おいしそう……」

「かぎろいさま、おまつり、つれていって！」

子供たちからはおねだりが始まる。

ここでようやく陽炎は自分がミスを犯したことに気づいた様子で、「あ、ヤバい」と言った顔で秀尚を見たが、秀尚は氷の眼差しのままにっこりと笑うと、

「みんなが、自分で耳と尻尾を隠せるようになったら、きっと陽炎さんが連れてってくれるよ」

陽炎に丸投げした。

秀尚の言葉に、当然子供たちは大歓声を上げ、大興奮で、

「かぎろいさま！　つれてってくれますか？」

「ぼく、やきそばたべたいです！」

「ぼくは、あめりかんどっぐ！」

「とえは、やっぱりにんぎょうやきがたべたいなぁ」

「はたえも！」

口々に問いかけとリクエストをして、陽炎ににじり寄る。

陽炎は困って助けを求めるような視線を秀尚に送ってきたが、

「さ、俺、おやつの準備してきますね」

そう言って、さっさと店に下りていった。

部屋からは子供たちが「おまつり、おまつり！」と騒いでいる声がしばらく聞こえていたが、十分もすると聞こえなくなった。

おそらく陽炎がなんとかしたのだろう。

――自業自得だよね。

秀尚はそう思いながら、今日のおやつに出すパフェ風プリンの準備を始めた。


子供たちと一緒に夕食を取った後、萌芽の館へ送り出すと、少し休憩をしてから、秀尚は翌日の営業に向けての仕込みを始めた。

そして八時過ぎ、いつもどおりに常連稲荷たちがバラバラと店にやってきて、

「うっわー、この茄子の和えものおいしい！」

「ピリ辛風味で、ゴマ油と、ちょっとお味噌かしら。これは、ずるいわ……ビールでも冷酒でもどっちでもイケちゃうじゃない」

　早速今日の突き出しとして出した茄子の和えものに舌鼓を打ちつつ、手酌《てじゃく》でビールを注《そそ》いでいくのは、人界で働いている濱旭と時雨の二人だ。

　濱旭は快活な好青年といった印象で、時雨はそこはかとなく妖艶な雰囲気があり、オネエ口調――そう、時雨は男だ――とも絶妙にマッチしているが、とにかく二人とも整った顔立ちをしている。

　陽炎にしても、黙っていれば痩身優美な青年といった様子なのだ。口を開くと、かなり印象が変わるが。

「こっちの鶏肉を焼いたのに、おろしタマネギのソースがかかってるのも抜群においしいよ」

　そういうのは二人より少し先に来ていた冬雪《とうせつ》という稲荷だ。彼は老若男女すべてに優しく、秀尚が密かに『前世ホスト』だと思っているくらい顔立ちも整っている。というか秀尚が知っている稲荷は全員、それぞれに趣が違うものの、端整な顔立ちのものばかりだ。

　冬雪はすでに突き出しを食べ終え、今食べているのが二品目だ。

「胸肉なんで、淡泊だから濃い目のソースにしてみたんですけど、濃すぎないですか？」

問う秀尚に、

「添えてある葉物野菜と一緒に食べるからちょうどいいですね」

そう返してきたのは、冬雪と一緒にやってきた景仙《けいぜん》である。

常連稲荷の中では唯一の妻帯者で、まだ子供はいないが、いつ父親になってもよさそうな包容力が魅力の稲荷だ。

「そうですか、よかったです」

そう言いながら、三品目となる南蛮《なんばん》漬けを出す。明日の仕込みと、今日の子供たちの食事のために市場に出かけた時に、半端に残った数種類の魚の切り身をおまけにとつけてくれたので、それを全部南蛮漬けにしたのだ。

いつもなら、

『宝探し感があっていいな』

とノリノリになるはずの陽炎だが、疲れ切った様子で黙ったまま、酒を片手に南蛮漬けに箸を伸ばす。

そのいつもと違う様子に、

「ちょっと陽炎殿、なんでそんな不景気な顔してんのよ？　今日非番だったんでしょ？疲れる要素なんか、欠片《かけら》もなくない？」

首を傾げながら聞いたのは時雨だ。

昨日の居酒屋では、明日は非番だから子供たちと一緒にここでゆっくりする、と楽しげだったのに、これまでに見たことがないくらいの疲弊具合なのだ。

「そんなに、みんなと激しく遊んだのかい？」

遊び盛りの子供たちばかりだ。

彼らの相手を全力でやれば疲れるとは思うが、ここまで疲弊するものだろうかと、それはそれで疑問なのだ。

「陽炎さんの疲れは、体力的なものじゃなくて、精神的なものですよ」

秀尚はとりあえず三品目を出したので一旦休憩しようと、空いているイスに腰を下ろしながら言った。

「精神的？　何があったんですか？」

景仙が心配そうに問うのに、陽炎は重い口を開いた。

「今日、子供たちがテレビをつけたら、夏祭りの様子が流れてたんだ……」

「ああ、そういう時期だものね」

時雨が相槌を打つ。

「その夜店が問題だったんだ……。子供たちが映し出されるいろんな店のものを見て騒ぎ始めて……うっかり、自分が行ったことのある人界の祭りで食ったうまかったものを喋《しゃべ》ったら子供たちのテンションが上がっちまってな」

「まあ、ノリノリで自慢げに、おいしかったものベスト3！　とかってやられたら、煽られるに決まってるんですけどねー」

言葉を選んで、最大限自分の失態を押し隠しつつ言った陽炎だが、秀尚は容赦なく事実を伝える。

その言葉に、冬雪はため息をつき、

「それは、陽炎殿が悪いよね」

止《とど》めを刺す。それに陽炎は撃沈した。

「でも、確かに人界のお祭りって、楽しいのよね。いろんな夜店が出てて。タコ焼きとか、焼きそばとか、別に夜店で買わなくても普通にお店でも食べられるし、家でも作れるし、なんなら冷凍でだってあるんだけど、つい買っちゃうわ」

人界で暮らす時雨は祭りに行くことがあるらしく、言った。

「あー、分かる！　アメリカンドッグもフランクフルトも、コンビニにあるし、夜店のほうが割高なのに買っちゃうよね！　あと、射的《しゃてき》とか、輪投げとか、別に欲しい商品があるわけじゃないのにやっちゃうし」

そう言うのは濱旭である。

「僕も前にお忍びってわけじゃないけど、行ったことがあるよ。大きなお祭りだと人波に疲れちゃうだけなんだけど、小規模なところって風情も楽しめるしね」

「昔は、祭りと言えば数少ない娯楽の一つで盛り上がるのは必然でしたが、今のように娯楽が数多くある中でも祭りとなるとやはり『ハレ』の日独特の盛り上がりがありますね」

冬雪と景仙も人界の祭りに来たことがあるようで、しみじみと話す。

「あー、分かります。普段の通学路に夜店が出るってだけでもテンション上がりましたし、制服姿しか知らない女子が、浴衣姿で歩いてたりすると、新鮮でしたし」

秀尚も、昔のことを思い出しながら言う。

「そっからコイバナとかにはなんなかったわけ？　いつもとは違う女子の姿にときめいた、的な」

時雨が楽しげに聞いてくる。

「あー、残念ながら。可愛いなって思うところで止まっちゃうっていうか、やっぱり、男友達と夜店を練り歩くのに夢中だったんで」

「正しい青少年だねぇ」

微笑ましい、といった様子で冬雪が言う。

「ホント、ホント。時々、神域で不埒《ふらち》なことやっちゃう連中もいるもの。アタシ、嫌がらせでめちゃくちゃ蚊を呼んでやったことあるわ」

楽しげに言う時雨に、

「時雨殿、それ……単純にリア充への嫉妬《しっと》なんじゃ……」

控えめに濱旭が突っ込む。

「あら、違うわよ？　『ハレ』の日に神域を汚す行為は許せないじゃない？」

「そうそう、ケンカとかもね。まあ、酒が入ると仕方ないところはあるんだけど、流血までいっちゃうと、ちょっとまずいよね」

時雨の言葉に冬雪も同意するように言い、景仙も頷いた。

「あー、やっぱり祭りの日って、そういうことダメなんだ」

秀尚が呟くように言うと、

「祭りの日じゃなくても、神域でそういうことは極力つつしむのが基本なのよ。まあ、そうね、ちょっと礼儀にうるさいおじいちゃん、おばあちゃんのおうちに出かけてるってくらいの感じで。ちょっとしたことなら可愛い孫のしたことだから、で許してくれるけど、それ以上のことになるとね」

時雨がたとえて言い、

「でも、祭りの日って、やっぱり『ハレ』の日だから、普段よりも神界の力が強くなってて、それに合わせていろいろ基準も厳しくなる感じ」

濱旭もそう続けてきた。

秀尚は納得できたものの、

「さっきから何度か『ハレ』の日って言葉が出てるけど、いわゆる、結婚式とか、成人式とか、そういう日を『晴れの日』って使うのと同じって考えていいんですか？」

　分からない用語があり、聞いてみた。

「そうだね、そういう喜ばしいことを行う日や、一年の中でも祭日、節句、そういった節目になる日は『ハレ』の日、それ以外の日を『ケ』の日っていうんだ。『晴れ着』って言葉もあるだろう？　特別な服って意味で使うことが多いと思うけど」

　冬雪が説明してくれて、ざっくりと理解できた。

「そう考えると日本語《にほんご》って奥深い」

　感慨深げに言う秀尚に、

「今は『あ、これいい』ってなったら簡単に服買っちゃうけど、昔は、『ハレ』の日に新しい服を着始める、みたいなところあったよね」

　濱旭が懐かしむように言い、景仙も頷いた。

「今でも、正月には新しい下着にする、という人もいるとは思いますが、服まではあまり聞かなくなりましたね」

「だって、お正月の後の冬物ファイナルバーゲンを狙ってるんだもの。まあ、クリスマスあたりからバーゲンは始まるんだけど、やっぱり、正月明けよね。ちょっと薄めのものとか買うと、春先まで着られちゃうから」

　人界でなかなか堅実な生活を送っている時雨らしい言葉である。

「まあ、それだけ昔は『ハレ』の日の特別感がすごかったってことだよね。祭りだって、年に何回かしかない最大の娯楽って感じで」

「今でも、充分『非日常』って感じはあるから、だからついつい、いろいろ買っちゃったりするんだよね。無駄にスーパーボールすくいやっちゃったり」

冬雪と濱旭の言葉に、冬雪に止めを刺されて以降は、飲みながらひたすら南蛮漬けを食べていた陽炎が、

「……充分大人な俺たちでも、祭りとなると楽しんじまうんだ……。子供たちがたやすく祭りのことを忘れてくれるとは思えん……」

陰鬱《いんうつ》な様子で呟いた。

それに同意したように大人稲荷たちは全員頷く。

「お祭りごっこ、は絶対にあるわね」

「お祭りに連れていけコールもだね」

時雨と濱旭が、簡単に予測できる事態を口にする。

そしてその予測に、この騒ぎに巻き込まれることを悟った景仙と冬雪は無言になった。

なぜなら、この二人もあわいの地の警備の任についているので、萌芽の館によく出入りをするからだ。

人界任務で難を逃れられる時雨と濱旭は、

「「みんな、頑張って」」

三人を笑顔で励ましたが、あからさまに「助かった」感がある。

そんな時雨に、

「あ、時雨さん。十重ちゃんと二十重ちゃんが、新しい髪型を考案したから、見てほしい様子でしたよ」

秀尚は昼間のやりとりを思い出して伝える。

それに時雨は、ややひきつったように笑みを浮かべ、

「やだあ、ご指名なの？　でも最近お座敷が多いから、なかなか体が空かなくて……再来週くらいなら、なんとかなるかしら？」

とりあえずおかしく思われない範囲内で、そしてその頃なら誰かが事態を収束してくれてるんじゃないかなという期待を持って、再来週、と指定してきた。

「時雨殿、ちょっとずるいんじゃないかな、それ」

冬雪が突っ込む。

「ずるくないわよ。今週は同期の結婚式なの。受付頼まれてるのよ。来週はまあ、いろいろね？」

言葉を濁したが、時間稼ぎをしているのは明らかだった。

「どちらにしても、一番熱量の高い今をどう乗り切るかだと思うんで、三人さん、頑張っ

てくださいね」

秀尚は言うと立ち上がり、四品目を作るために調理台の前に立った。

背後からは、陽炎たちの陰々とした気配が漂ってきたが気にしないことにして、

——とりあえずパンチの利いた味のもの、作るか。

そう決めて脳内レシピをめくった。

二

翌日の加ノ屋の居酒屋タイムのことである。

陽炎以外の常連稲荷が揃って飲み始めて少しした頃、陽炎がやってきた。

シフトが遅番だったとか、そういう理由以外では大抵、一番か二番目に来ている陽炎にしては遅い登場だったが、入ってきた時の陰鬱な表情から、全員いろいろ察した。

「今日の突き出しは、ホタルイカの酢味噌和えです」

無言で自分のビールの準備をし、指定席に座った陽炎に突き出しを出す。

陽炎は「ああ、すまんな」とだけ言って一息にビールを煽ると、二杯目を手酌で注ぎ、それからようやくホタルイカに手をつけた。

いつもならここで、何らかの感想を述べる陽炎なのだが、

「はぁ……」

出たのはため息だった。

「ちょっと、あからさまに落ち込んでる様子、見せつけんのやめてくれない？　気になっ

てしょうがないんだけど」

　誰が猫の首に鈴をつけるか、しばらく様子見が続くのかと思った秀尚だが、時雨が単刀直入《たんとうちょくにゅう》に聞いた。

　——わー、さすが時雨さん。

　秀尚は妙な感心をする。

「子供たち、そんなに大騒ぎだったのかい？」

　冬雪が問うと、陽炎は頷いた。

「ああ、そうだな。……昨日の今日で俺が行ったら、また祭り、祭りって騒ぎ始めると思ったんで、館に行かないようにしてたんだが、薄緋殿への報告を外すわけにはいかないんでね……最後に顔を出したんだ」

「え？　じゃあ、子供たちとは会ってないの？」

　濱旭が問う。

「顔を合わせずにはすんだ。だが……子供たちは昨日帰ってから、ずっと祭りの話をし通しだったらしい。今朝になってもまったく止まらず、『祭りに行きたい』『どうしたら連れていってもらえるか』って大騒ぎで、薄緋殿を困らせたらしいんだ」

『あー……』と全員がその状況を理解したらしく、声を揃えて嘆息する。

「どこで誰が祭りの話をしてたのか、薄緋殿が子供たちに聞いて……俺が話したと。それも、俺の『おいしかった出店の食べ物ベスト3』まで披露したらしくてな……。こうなることくらい分かっただろうと、ガチ説教された」

「……まあ、薄緋殿からすれば、説教の一つもしたくなるよね」

冬雪からは薄緋の心情を察する言葉が出た。

「好奇心の塊みたいな年齢の子たちばっかりだもんね。ダメって言ったら今度は『なんでダメなの？』『どうやったらダメじゃなくなるの？』だろうし」

濱旭も予測できる反応を口にした。

「俺も、正直反省してる。とはいえ、薄緋殿の説教は、精神的にキツイ……。怒鳴られるとか、もういっそ殴られるとか、そのほうがはるかにましだ」

「じわじわと真綿で首を絞めつつ、こんこんと道理を説《と》いてくる系だからね」

冬雪の言葉に頷いた陽炎は、

「せめて、一ヶ月前なら、まだ薄緋殿の姿も今よりも幼かったから、ここまでつらくもなかったんだが……」

本音を呟く。

萌芽の館で子供たちの世話をしている薄緋は、少し前、餓鬼《がき》に妖力を吸われて子供の姿になってしまっていた。

幸い、薄緋は大人だったため、子供の姿だったのは短い間だったが、共に餓鬼に襲われた寿々は幼く、妖力もさほどなかったため、赤子に戻ってしまった後の回復が遅い。

もう、回復待ちというよりは、今までと同じ時間をかけて育て直し、と考えたほうがいいのではないかというのが、全員の見解だ。

現状を寿々がどう感じているのかは分からないが、それならそれで、みんなで大事に育ててやろう、と思っている。わざわざ言葉にしたことはないが。

「そうだね、もう今は、ほぼ元通りの薄緋殿だからね」

「気持ち、若いかなーって感じはあるけどねー」

冬雪と濱旭が言い、時雨は自分の携帯電話を取り出すと、

「ああ……、この頃が懐かしい…」

フォルダに入れてあった、幼い姿の薄緋の写真を眺めて感慨に耽《ふけ》る。

可愛いものが大好きな時雨にとって、幼い姿の薄緋はどストライクだったらしく、可愛いパジャマを持ってきては着させ、写真を撮りまくっていた。

一度は人界に買い物に連れていき、薄緋を散々連れ回して疲弊させながらも、本人はご満悦ということもあったほどだ。

「それで、子供たちはどうにか落ち着いたんですか?」

とりあえず、陽炎が薄緋に説教を食らったのは分かったが、薄緋が子供たちを鎮静化できたのかどうかが気になった。

「いや……薄緋殿の話だと、テンションは高いままみたいだ。だから、何とかしろ、と言われた」

深く悩んだ様子の陽炎の言葉に、

「なんとかって言われても、要するに諦めさせろってことでしょ？」

「それって、かなり難しいんじゃないかな」

時雨と冬雪は首を傾げた。

何しろ子供たちの勢いと可愛さに負けて、これまでも数々の『お願い』を叶えてきてしまっている大人たちだ。

すでに敗色が濃厚である。

その中、秀尚は、

「でも、お祭りって楽しいことだけじゃなくないですか？」

と、切り出した。

その言葉に稲荷たちは秀尚を見る。

「まあ、そりゃそうだが」

「でも加ノ原くんにとっては『お祭り』って、遊ぶ対象だろう？」

大抵の人間にとって『お祭り』は、神輿をかついだり、その様を見たり、あとは出店で遊んだり食べたり、がメインだ。

神職についているだとか、そういう筋の家に生まれたとか、そういった場合は別だが、これまで秀尚からそういう話は聞いたことがないし、何より、そんな気配は少しもなかった。

そのため、秀尚が『祭りは楽しいことだけじゃない』と言い出したのが、実体験なのか単純に一般的な概念として出てきたものかが分からなかった。

「みんなが楽しみにしてるのは、テレビで見たような屋台とか、陽炎さんから聞いたおいしいもの食べたりとかだと思うんですけど、お祭りのキモって『儀式』の部分なわけじゃないですか」

「まあ、それはそうよね。でも、秀《ひで》ちゃんからそんな言葉が出るなんて、意外」

時雨が言う。

「俺も、そういう『儀式』に参加したのは一回だけです。うちの地元の神社って、氏子が数えで十三になる時に特別な儀式を受ける習《なら》わしがあるんですよ」

秀尚の言葉に、全員がなんとなく納得したように頷いた。

「その前準備が、その当時の俺にはわりと過酷だったんですよね」

「へぇ？　どんなだい？」

興味を持った様子で陽炎が聞いた。

「三週間前から始まるんですけど……」

秀尚はそう言って当時の記憶を蘇《よみがえ》らせた。

毎朝六時に、儀式に参加する子供全員で神社にお参りをし、境内を掃除することから一日が始まる。

六時に神社、なので起床時間はもっと早く、秀尚は五時半に起きていた。

儀式では神様にお囃子《はやし》と舞を奉納することになっているため、振られた役目の練習が毎日ある。

練習の参加は強制ではないのだが、この期間は塾や習い事を休む子供が多かった。昔ながらのしきたりの家が多かったこともあって、各家庭が「一生に一度のこの期間は、そういうもの」と捉えていたことも大きかっただろう。

「秀ちゃんは、何やったの？　舞？」

わくわくした様子で時雨が聞いてくる。

「いえ、舞は花形なんで、やっぱぱっと見で派手で、あと、運動神経のよさそうな子が選ばれてました。俺は笛の担当でした」

秀尚が答えると、

「笛って横笛だよね？　あれ、音出すだけで大変だよね」

濱旭は経験があるらしく、秀尚は同意して頷く。

「もう、最初の三日くらいは音が全然出なくて……。出るようになっても、思った音にならないし、タイミング合わないし、練習のたびに絶望しかないっていう……」

それでも、少しずつみんなが上達してきて、ハーモニーとして一つになり始めると楽しかった。

「準備の中で一番キツかったのは、肉食厳禁ってとこでしたね。カツオ出汁もアウトっていう感じで。だから、小学校も中学校も、地元は給食だったんですけど、この期間、祭りに参加する生徒は弁当でした」

「育ち盛りに肉食厳禁はつらいねぇ」

冬雪が同意するように言い、景仙も頷く。

「でも、俺はましなほうでしたよ。じいちゃんが料理人だったから、大豆でいろいろ肉っぽいメニュー作ってくれてて。他の子はみんな『今日も豆腐』ってげんなりしてましたから……」

それでも祭りの前日は『明日になったら肉が食える』それしか考えられなくなっていた。

「でも、当日、儀式が始まったらなんか空気が違うっていうか……厳粛《げんしゅく》っていうのかな、そんな感じで儀式が進んで、晴れやかな気持ちっていうか、誇《ほこ》らしいっていうか、そんな気持ちでいっぱいで……。でも、儀式が終わって解散ってなったら、全員速攻で出店でフランクフルトを貪《むさぼ》りましたけどね」

肉食厳禁のつらさを語る秀尚に、大人稲荷たちも頷いた。

「俺たちも儀式で当番に当たると、精進潔斎《しょうじんけっさい》やるからな」

「食べない組は平気そうだけど、食べるの好き組は、わりとつらそうよね。アタシが前に儀式で当番になった時は、まだ人界に下りる前で、食べなくても別に平気派だったから、難なくこなせたってとこあるけど、今当たったらキツイわ……」

陽炎と時雨が言うのに、濱旭は頭を両手で押さえた。

「うわー、今、俺、当たっちゃったら超つらい！」

パソコン関係のテクニカルサポートの仕事をしている濱旭は出張が多く、出張先で様々なおいしいものを食べるのが趣味だ。

自分で食べておいしかったものは必ず土産に買ってきてくれる。

なので、精進潔斎になったらつらいというのは、ものすごく理解できた。

「大丈夫ですよ。人界任務についている稲荷は、儀式の当番にはならないようにしてあるみたいですから」

景仙が言うと、濱旭と時雨の二人はほっとした顔をした。しかし、

「僕たちは、当たる可能性があるってことだよね」

冬雪が呟くのに、陽炎はげんなりした顔をした。

「……加ノ原殿、もし俺たちが儀式当番に当たったら、精進料理でつまみを頼めるか？」

「まあ、俺が生きてる間だったら、協力しますけど」

稲荷たちは全員、秀尚よりも同年代かやや年上程度に見えるが、見た目年齢と実年齢はまったく違う。

陽炎は二百歳以上だと言っていたし、他の稲荷の年齢を聞いたことはないが、おそらく似たようなものだろう。

ついでに言えば、子供たちも三歳から五歳くらいの外見だが、実際には生まれてからもっと経っているらしい。

そのことを初めて知って衝撃を受けた秀尚に、

『可愛い時期が長く続くのはいいことじゃない』

という一言で納得させたのは、やはり時雨だ。

そんなわけで、長寿命な陽炎たちと違い、普通に人間の秀尚は長生きしたとして百歳前後だろう。

その間に儀式当番が回ってくれば協力するつもりはある。

「よし……それなら何とか乗り切れる」

満足げな陽炎に、

「でも、本宮《ほんぐう》の厨《くりや》に頼めば……たとえば萩《はぎ》の尾《お》さんとかに頼めば、精進料理作ってもらえるんじゃないですか?」

秀尚はもっともな疑問をぶつけてみる。

本宮には立派な厨があるらしく、そこでは専属の稲荷が料理を作っている。

以前『本宮の長《おさ》である白狐《びゃっこ》が人界の料理に興味津々でいろいろ食べたがっているが、厨では和食しか作らないし、長も和食へのこだわりが強い』ため、白狐の気持ちも長の気持ちも尊重したい萩の尾という稲荷が、自身の和食以外への興味もあり、秀尚に料理を教えてほしいと頼んできたことがあり、応えたことがある。

その萩の尾なら陽炎たちのこともよく知っているし、作ってくれそうな気がしたのだが、

「三食の準備は頼めても、酒の肴《さかな》まではね」

冬雪が苦笑いする。

「あー、そっか。いいですよ、俺が生きてて、料理できるくらい元気にしてたら」

秀尚の言葉に、よろしくね、と冬雪は言い、それに秀尚は頷く。

「でも、本宮の祭りって、どんな感じなんですか？　神様のガチな『祭り』だから、儀式メインだろうとは思うんですけど」

出店だとか、そういったものはないのだろうと思うが、興味が出て、聞いてみた。

「そうだな、数日にわたってそれぞれ違う儀式が行われて、最後に大きな儀式がドンって感じだな」

「最後の大きな儀式は華やかだよ。普段は宇迦之御魂神《うかのみたまのかみ》様にお会いできない一尾や二尾の者でも、儀式に参加すればお姿を拝謁できる貴重な機会だしね」

冬雪が出した「宇迦之御魂」の名前に、秀尚の脳裏には「おむれつ、おむれつ」と言っていた幼女の姿が浮かんだ。

「うーたん、元気にしてますか？」

宇迦之御魂神——秀尚が言うところの「うーたん」を、一時期、この加ノ屋で預かっていたことがある。

代替わりで神様になったものの、あまりに幼く、いろいろな感情をこじらせて「家出」ならぬ「本宮出」をし、加ノ屋に来たのだ。

秀尚は事情がよく分からぬまま「うーたん」と名乗る彼女を保護していた。

すれ違ってしまっていた女官との関係を元に戻し、本宮に帰っていった彼女の様子を、折に触れて常連稲荷から聞いてはいたが、ここしばらくは話題に上らなかったな、と思う。

「ああ、お元気だぞ。おかげで本宮の気が充実してる」

「別宮《べつみや》も、稲荷たちの士気が違うと、妻が」

陽炎と景仙が言う。

「相変わらずモンスーン大好きみたい。モンスーンって地方限定グッズが出てるんだけど、白妙殿《しろたえ》から出張行く時に限定グッズを見つけたら頼みますって言われてるよ、俺」

濱旭が言うのに、時雨も頷いた。

「白妙殿も『宇迦之御魂神様』として接する時と『うーたん』として甘やかす時の匙《さじ》加減

が絶妙なのよね。もともと能力の高い子だから、やり方が分かれば、ベターからベストへが早いのよ」

白妙というのは、うーたんの一番側近くにいる女官で、うーたんが神様になる前からうーたんの世話をしてきた女性だ。

しかし、神様となった時に「立派な神様になってもらいたい」という気持ちが強くなり、うーたんはそんな白妙の様子によそよそしいものを感じ取って寂しさを募らせたのが、「本宮出」の原因だった。

「年が明けて少し落ち着いた頃、御魂《みたま》様と白妙殿、秀ちゃんの元の職場のホテルに行ったらしいわよ。パンケーキをお召し上がりになってご機嫌だったって」

時雨の言葉に、秀尚は、ああ、と相槌を打った。

「神原《かんばら》さんから聞きました。この店の耐震工事してる時ですよね」

加ノ屋は築四十年をとうに過ぎた住居兼店舗で、耐震基準が現行法施行前のものであることから、耐震工事をすることになった。

その工事が終わって、店の内装を、ホテル時代の同僚でＤＩＹが趣味である神原に手伝ってもらっている時に、

『ちょっとまえに、うーたん、ホテルへ来たで』

そう報告された。

うーたんが注文したのはお気に入りの「かんかんのぱんけーき」で、かんかん――神原のことだ――が作って出したらしい。

「その時のお洋服を着た御魂様のお写真、白妙殿に見せてもらったんだけど、もう、超可愛いのよ！　淡いピンクなんて、ヘタしたら顔色がどす黒く見えるのに、御魂様、肌が白くて綺麗でいらっしゃるから、もう妖精って感じで！」

キュンキュンしながら時雨は語る。

なお、このテンションの高さは、館の子供たちの相手をしている時にも存分に発揮されるので、時雨の通常モードといえば通常モードだ。

「元気そうでよかったです。……っていうか、あれですよね。稲荷の人たちでもうーたんの姿を見る機会って限られてるくらいなのに、俺、しばらく一緒に暮らしたりしてて、考えたらすっごいことでしたよね」

秀尚の言葉に、常連たちは同時に深いため息をつく。

「おまえさん……、今か？　今なのか」

「大将がいろんな意味で図太いっていうか、ざっくりっていうのはなんとなく分かってたけど」

陽炎と濱旭が言い、

「まぁまぁ、こういう秀ちゃんだから、御魂様だって安心して加ノ屋で過ごしてたのよ」

時雨は呆れ半分納得半分という様子で言い、

「確かにそうですね。御魂様はいきなりお立場が変わったことで、周囲の者たちの接し方まで変わってしまったことがおつらかったわけですから……他の子供たちにするのと同じように接してくれる加ノ原殿のおかげで、御魂様も落ち着かれたのでしょう」

景仙が綺麗にまとめる。

「それもそうだね。まあ、貴重な経験をしたってことに乾杯」

冬雪がそう言って自分のコップを手に、軽く掲げるのに、他の稲荷たちも倣《なら》って「かんぱい」とやや気の抜けた声で言って、酒を飲む。

「……で、そのまま話が終わりそうなところ悪いんですけど、本宮のお祭りの話の続き、聞かせてもらっていいですか？」

秀尚が冷静に言うと、稲荷たちは、「あ…」という顔をした。

「ああ、その話してたんだったね」

「すっかり忘れてたわ」

「おまえさん、よく覚えてたな」

その言葉に、

「だって、俺から聞きたいって振った話ですから。儀式の時にみんながうーたんと会えるってことでしたけど……」

秀尚は続きを促す。

「儀式の中には、稲荷たちの奉納舞や、音曲の奉納もある。それは人界の奉納舞やなんかと時間を合わせて行うことが多いんだが、人界の踊り手や演奏家の『技だけではない力量』みたいなものによっては、こっちも興《きょう》に乗って同調することがあってな。この世界と俺たちの世界は薄い膜で隔《へだ》てられてるようなもんだ。その隔てが薄くなって一体化に近い状態が起きることがある」

陽炎の言葉に、秀尚は興味深げに、へぇ、と呟く。

「なんていうのかしらね。目に見えないキラキラしたものがいっぱいに降り注ぐような感じっていうのかしら？　なんともいえない澄みきった空気と、温かさと、とにかくそんなものでいっぱいになるのよ」

時雨が説明してくれるのに、

「荘厳《そうごん》、とかそういう雰囲気ですか？」

秀尚が連想した言葉を言うが、

「荘厳っていうのもあるし……そうね、一番近い言葉は『祝福』かしら？　胸がいっぱいになる、そんな感じよ」

時雨はそう言い直した。

それに納得したように景仙は頷いたが、

「儀式には何度も参加していますが、そのような経験は一度しかありません」

感慨深げに言う。

「それはここにいる全員がそうだろう。そんなにしょっちゅう起こるもんじゃない。百年に一度、あるかないか、じゃないか?」

陽炎の言葉に、秀尚はため息をついた。

「そんなに少ないんですね……。俺だと、死ぬまでに一度、出会えるかどうか、だなあ」

そう言う秀尚に、

「もっと貴重な経験をしておいて、欲張りなんだから」

即座に時雨が突っ込んできた。

「確かにそうですよね。今も充分貴重な経験をさせてもらってると思います」

お稲荷様相手に居酒屋をやってる、なんて、本当に普通じゃないし、こうやって普通に気軽に話をしていることも、全然普通じゃない。

それなのに、秀尚にとっては普通のことになってしまっていて、ちょっとそういうのはダメだな、と自戒する。

「一通りの儀式が終わったら、宴席が始まる。白狐様や九尾、八尾の一部は御魂様の宴席に出て、他の稲荷たちはそれぞれに宴席を設けて集まって飲み食いしたり、早々に本宮内の自室に戻る者もいるが、中には人の姿を取って、見回りを兼ねて人界の出店巡りをする連中もいるぞ」

「いるぞっていうか、陽炎殿は、そうだよね」

冬雪が笑いながら言う。

「そういう冬雪殿もだろう?」

「まあ、楽しいからね。でも、楽しんでる最中にケンカとか見つけると、興ざめだよね。祭りの日くらいは、ずっと笑顔でいてほしいんだけど、人が集まると諍いが起きるっていうのは、なかなか避けられない事態みたいだからねぇ」

冬雪は改めて残念さと、多少の諦めのようなものを滲《にじ》ませた様子で言う。

「そうですよね。お祭りの日くらいって、思いますよね」

「まあ、お祭りだからテンション上がっちゃって、血の気が多くなっちゃうって側面もあるわけだけどねー」

濱旭が笑いながら言う。それに頷きつつ、

「じゃあ、本宮でのお祭りっていうのは、子供たちが思ってるみたいなのとは全然違うんですね?」

秀尚は聞いた。

「うん。出店とかもないし。それに当たるのが宴席かなって感じはするけど」

「子供たちには宴席はないわけだから……本当に儀式がメインだよね」

冬雪と濱旭が言う。

「じゃあ、子供たちにその部分を伝えたらどうかなって思うんですけど。『祭りっていうのは本来こういうものだ』って説明をして、出店とか屋台とか、そういうのは、あくまでも『おまけ』なんだって」

秀尚の提案に、

「あー、それいいかも。確かに出店がメインだと思ってるとこあるかもだよね」

濱旭は言い、

「確かにテレビだと、出店とか盆踊りとか花火とか、そういうところ、メインに映しちゃうし、陽炎殿も出店の食べ物の話しかしなかったみたいだし」

時雨も陽炎の失態を軽く蒸し返しつつ言う。

「時雨殿、相変わらず忘れた頃に抉《えぐ》ってくるな」

陽炎は苦笑いをしたが、来た時のような陰鬱さはかなりなくなっていた。

「油断召《め》されるなってことよ」

ふふっと笑いながら時雨は言った後、

「問題は、誰が子供たちにそれを伝えるか、よね？」

人選に触れてきた。

「責任を取って陽炎殿？」

濱旭が首を傾げつつ言う。

「いえ、子供たちは陽炎殿から人界の祭りの楽しさを伝えられたわけですから、そのあたりを突っ込まれたらなかなか難しいのではないかと」

冷静に景仙が言う。

言葉は選ばれているが、陽炎が言うと、また何か騒ぎになるんじゃないかという危惧が含まれていることを、秀尚は感じ取った。

「と、なると、景仙殿か、冬雪殿ってことになるんじゃない？」

消去法で時雨は言う。

「私は明日、非番ですので、私が伝えるとなると明後日になるかと」

景仙が明日の予定を告げると、

「ああ、そうだったね。分かった、僕から伝えておくよ」

冬雪が名乗りを上げた。

「みんなをうまく説得できることを祈ってます」

そう言った秀尚に、

「じゃあ、頑張れるように、ガツンと肉系の何か、頼めるかな？」

冬雪は新たな料理のリクエストをしてきた。秀尚は立ち上がり、リクエストに応えるべく料理を作り始めた。

二

翌日。

居酒屋では、たそがれた姿を見せる冬雪の姿があった。

——うん、見たことある、この光景。

とても、大変、記憶に新しい。なぜなら昨日も見たからだ。

それは冬雪ではなく陽炎だったが、この様子から、子供たちの説得は失敗に終わったのだろうということが簡単に分かる。

とはいえ、それをどのタイミングで問うかが難しかった。

今日はまだフルメンバーではないのだ。

時雨が遅れていた。

どうやら残業になってしまったらしく、

『でも、行くから！』

と秀尚の携帯電話に連絡が入っていたのだ。

──今聞くと、時雨さんが来た時に、話をまた一からってことになるからなぁ……。

なので、時雨待ちではあるのだが、陽炎と濱旭が会話もなく黙々と料理をつまむ──景仙は今日は非番なので、居酒屋にも来ていない。奥さんと過ごしているらしい──中、陰鬱な面持ちで酒しか飲まない冬雪、という光景は正直、異様で重くて仕方がなかった。

──早く、早く来て、時雨さん！

秀尚が心の中で呼びかけたその時、

「ごめんねー、遅れちゃってー。お・ま・た・せー！」

明るい声で言いながら時雨が厨房に出勤……ではなく、来店した。

それにほっとしていると、冬雪の姿に時雨は秀尚を見る。

軽く頷くと、時雨は唇の動きだけで『秀ちゃんお願い』と、切り出し役を秀尚に振ってきた。

若干、時雨が聞いてくれないかなと期待していた部分はあるが、時雨が来なければ自分が聞かないといと思っていたので頷き返して、

「時雨さん、これ、今日の突き出しのマグロのヅケのトマト和えです」

小鉢の突き出しと、みんなで取り分けて食べる料理を出す。

「はい、お待たせしました。高野豆腐《こうやどうふ》の豚肉巻き、味噌煮込みです」

「お味噌のいい匂いするねー、ご飯進みそう！　大将、ご飯もらっていい？」

明るく反応してくれたのは濱旭だ。

濱旭はシメのご飯ものの前に、つまみをおかずにご飯を食べることがよくある。

「どうぞ、ジャーに入ってますから」

「ありがとー」

濱旭は茶碗を手に炊飯ジャーに向かう。

「ホント、味噌がいい匂い。これ飲み終わったら、次は日本酒にするわ、アタシ」

「じゃあ、時雨殿の分も用意しておくか？　俺は今から日本酒だ」

時雨に声をかけたのは陽炎だ。

「よろしくー」

軽い調子で時雨が言い、話を切り出しやすい雰囲気になったところで、

「冬雪さん、落ち込んでるってことは、多分、子供たちの説得がうまくいかなかったってことだと思うんですけど……よかったら、何があったのか話してくれませんか？　話すことでちょっと気が楽になるってこともあると思うんで」

秀尚は冬雪にそう声をかけた。

「ああ、ごめんね……」

冬雪は顔を上げ、コップに残ったビールを一口飲んだ後、

「加ノ原くんの言ったとおり、見事なくらい失敗してね」

そう言った。

「陽炎殿ならまだしも、冬雪殿が説得に失敗するなんて、珍しいじゃない」

時雨が言うのに、

「時雨殿、何気に酷《ひど》いことを言ってる」

「まさか、さらりとディスられるとは思わなかったな」

濱旭と、ディスられた本人の陽炎も笑いながら返す。

「子供たち、話を聞いて泣いたりでも？」

秀尚が詳細を求めると、冬雪は今日の顛末を話し始めた。

冬雪は、子供たちを集めて「祭りのなんたるか」をちゃんと教えたらしい。

祭りとはそれぞれの祈念《きねん》の日であり、人間の祈りを聞き届けて呼応するために本宮でも儀式を執り行うのだと。

その際に行われるのが歌舞、音曲であり、みんなが「祭り」だと思っている出店の類はあくまでもおまけで、本来の「祭り」にはないものなのだ、と。

「ここまでの説明で、僕、何かおかしなこと言ってる？」

不意に冬雪が聞いてきた。

「別に、おかしくないわよ。ちゃんと説明してると思うわ」

「だよね？　僕の予想だと、出店が祭りじゃないって聞いて、みんなの祭りへのテンションが下がるはずだったんだ」

「はずだったってことは、違ってたってことですよね」

秀尚が問うと、冬雪は頷いた。

「みんな、僕の説明を聞いた途端、『じゃあ、だれがうたって、だれがおどるかきめよう よ！』って言い始めてね……もう、かえってノリノリになっちゃった感じで。様子を見に 来た薄緋殿には『説得するはずだったのでは……？』って怪訝な顔をされるし……」

冬雪の言葉に、その場にいた全員がため息をついた。

その様子に、

「じゃあ聞くけど、どうするのが正解だったんだい？　子供たちがキラッキラの目で『ぼ く、おうたうたう！』『わたしたち、おどるー』なんて調子で夢中なんだよ？　そんな状 況で、なんて言うのが正解だったのかな？」

なぜがキレ気味に冬雪は言った。

その冬雪に隣に座していた陽炎が軽く肩を組み、

「分かる……、その気持ち、痛いほど分かる」

と、そもそもの元凶であるくせに、傷を舐め合った。

「で、どうなったんですか？　子供たちがそれだけ盛り上がっちゃってるんじゃ、やっぱ りお祭りに連れていくことに……？」

そうなったら常連稲荷の連帯責任で、一人あたり二人を連れていけば問題ないだろう。狐姿の二人は可哀想だがペットとして首輪とリードでなんとかなるんじゃないかな、などと秀尚は思う。

「いや、明日、薄緋殿がなんとか説得するって……。面目がなくてね」

冬雪はため息をつきつつそう言い、コップに残っていたビールを飲み干すと、

「今日はもう、やけ酒、やけ食いするしかないよね」

と大皿の高野豆腐の豚肉巻きを取り分け、口に運ぶ。

「うん、おいしい。味噌の味がしっかりしてるのに辛くなくて、豚肉の風味とぴったり合うね。僕も日本酒にしようかな」

冬雪が言うと、

「だろう？　そう言うと思って、おまえさんの分も、実はもう用意ずみだ」

陽炎が脇に置いていた冬雪の分の日本酒が注《つ》がれたコップを置く。

「さすが、気が利くね、陽炎殿」

冬雪はコップを手に取ると、陽炎と「かんぱーい」と軽くグラスを当てる。

その様子に、本気で飲む気だ、この人たち……、と悟《さと》った秀尚は頭の中で、本気飲みモード用の肴と、時雨と濱旭向けの通常モードの肴の二種類のレシピを、残り食材で組み立てたのだった。

さて、さらに翌日。

いつもどおりの居酒屋時間には、常連稲荷が揃っていた。

「いやー、昨夜は飲んだなぁ……」

「久しぶりに深酒しちゃったねぇ」

昨夜、千鳥足《ちどりあし》状態で帰っていった陽炎と冬雪はやたらとすっきりした顔で、今日も元気に飲んでいる。

「あれだけ飲んで、二日酔いにならないってすごいですね」

秀尚は純粋に感心した。

二人で一升瓶を一本半空けたのだ。

そのため、今日は二人とも新たな酒をそれぞれ携《たずさ》えてやってきた。

料理は出すが、酒は自分で準備、が加ノ屋の鉄則だからである。

「あのまま人界にいたら二日酔いになってたわよ、二人とも。本宮だと寝てる間に余計な酒精が抜けるのよね」

時雨が苦笑いしながら言う。

「へぇ…、そうなんですね」

「だから俺、会社でプロジェクトの打ち上げとかで飲み会行った後は、本宮に戻って寝てるよー」

そう言うのは濱旭だ。

どうやら本宮という場所には、いろいろな力が働いているらしい。

「そんなわけで、今日も元気に飲むぞ」

陽炎が張り切って言うのに、

「あ、アタシ今日はちょっと控えとくわ。明日、結婚式で受付任されてるから、体調整えとかないと」

時雨は戦線離脱《せんせんりだつ》を口にした。

「ああ、そうおっしゃってましたね」

「そ。ずーっと片思いで、さっさと告白しろって言ってんのに、うじうじしてるから向こうに彼氏ができちゃって」

「「え？」」

思わず言ったのは秀尚と陽炎だ。

声に出したのが二人だったというだけで、冬雪も濱旭も景仙も、驚いた顔で時雨を見ていた。

「何よ。アタシ、なんか変なこと言った？」

「いや、同僚の思い人に彼氏ができたって」

「何がおかしいのよ。妙齢の可愛い女の子なら彼氏の一人や二人、できたっておかしくないでしょ？」

そう説明されて、全員、自分たちが誤解していたことを理解した。

「ああ、すまん。時雨殿の同僚を勝手に女子設定していたから、片思いの相手に彼氏ができたって聞いて……」

陽炎が言うのに、みんな頷いた。

「あのねえ……、女子社員の友達も多いけど、女子社員の式の受付にアタシがいたら微妙な空気になるでしょ？　受付を頼んできたのは花婿のほうよ」

「ああ、理解した。で、彼女に恋人ができてどうなったんだ？」

陽炎が先を促す。

「新しい子見つけなさいって言ったんだけど、どうにも腰が重くてね。そうこうしてるうちに彼女のほうが彼氏と別れて、今がチャンスだから行けってけしかけたのよ。それでも、別れたばかりの弱ってるところにつけ込むのはどうかと思うとかなんとか、面倒くさいこと言うのよ？　もうじれったくて、言ってやったのよ、『弱ってても女の子は男が思ってる以上に客観的で冷静だから、好みじゃなきゃあっさり振ってくる』ってね」

時雨の言葉に、

「わー、身も蓋《ふた》も……」

「まあ、人によるとは思うけど、時雨殿の見立ては、うん…間違ってない気がする」

陽炎と濱旭が納得したように言う。

「で、玉砕《ぎょくさい》覚悟で行ってこいって送り出して、返事は一週間保留って言われたらしいんだけど、結局一週間後に、すぐ恋人っていうのは無理だけど、それでよかったらって感じで付き合いが始まったのよ。そこから結婚の話が出るまで一年で、それから半年で結婚式だから、順調って感じ」

「まとまるところにまとまった感じですね」

秀尚が言うと、時雨は微笑んで頷く。

陽炎は全員――時雨は除く――のコップに酒を注ぎ、時雨には冷蔵庫に入っていた麦茶を差し出すと、

「では、時雨殿の同僚の結婚に、乾杯」

本人不在で勝手に乾杯の音頭を取る。

とはいえ、見ず知らずの人間ではあっても、めでたいことを祝福するのはいいことなので、秀尚も他の稲荷もコップを手に、「乾杯」と言って一口飲む。

そのまま、和《なご》やかな感じで今夜の居酒屋は始まった。

「あ、これおいしい！　ブロッコリーのおひたし？」

濱旭が今日の突き出しを口にした途端、聞いてくる。

「そうです。濃い目のカツオ出汁に醤油、それから最後に鰹節です」

「ブロッコリーでもおひたしになるのね……ホント、おいしい。こういうのがさらっと食卓に上がるような家庭って憧れるわよねー」

時雨がしみじみとした様子で言う。

「結婚するって同僚のお相手は、料理はどうなんだ？」

陽炎が何気なく聞き、時雨は少し首を傾げる。

「どうなのかしら？　二人とも昼食は食べに外に出てるし……でも、二人とも一人暮らししてたし、先月から一緒に暮らし始めてるから問題ないんじゃない？」

「あ、もう同棲してるんだ？」

冬雪が意外そうに聞いた。

「結婚式の後で一緒に住み始めるのってバタバタしちゃうから、それを避けるためにね。あとは結婚式っていろいろ決めること多いみたいで、それの相談にいちいち会って話するより、一緒に住んでたほうがやりやすいってこともあったみたい」

時雨の言葉に陽炎と冬雪、景仙はどこか感慨深げな様子を見せた。

「これも時代か……」

「結婚式が終わってから初めて同居って、最近はないのかな」

「なくはないと思うけど、結婚式の後って新婚旅行とかあって忙しいから、同居が一ヶ月後から、みたいなことも聞くかな」

濱旭が言う。

「そうなのよね。明日結婚する子、式は明日だけど、月曜だけ休んで火曜から二人とも出社するわよ。新婚旅行は、行きたいところのベストシーズンがあるから、それ待ちって感じみたいね」

時雨と濱旭からもたらされる「最近の結婚事情」に、基本神界暮らしの陽炎と冬雪、景仙はジェネレーションギャップのようなものを感じている様子だ。

「時に唯一の妻帯者。結婚生活はやっぱりいいものか?」

陽炎は自分の箸をマイクに見立てて、景仙にインタビューを試《こころ》みる。

「そうですね……、二人で過ごすことが自然だと感じるということは、幸せなことだと思います」

景仙は綺麗にコメントしたのだが、

「『二人で過ごすことが自然だと感じる』……一度でいいから、さらりと言ってみたい言葉だよね」

冬雪が心の底から、といった様子で言うのに、他の独身稲荷たちは深く同意を示す。

「まあ、相方を探すのが一番の試練なわけだけど……」

『稲荷界、女子少なすぎ問題』が根底にあるため、独身を余儀なくされる稲荷が多く、景仙のような「奥さんも稲荷」という者は必然的に少ない。稀に、人間と結婚する者もいるらしいが、多いのは「普通以上、稲荷未満」の狐と結婚する者らしく、「稲荷も、もともとは狐だから、相性さえ合えば問題ない」らしい。だが、やはり圧倒的に独身が多いらしいのだ。

「出会いも圧倒的に少ないからね……やっぱり、十重ちゃんと二十重ちゃ…」

「「「犯罪」」」

冬雪が言いかけた時点で、陽炎、時雨、濱旭の三人が突っ込んだ。

「みんな、突っ込むの早いよ」

冬雪が苦笑いしたその時、また誰かがやってくる気配があった。

とはいえ、加ノ屋の玄関は施錠《せじょう》されている。

来るのは、その玄関とリンクさせてある稲荷専用の扉を使える者だけだ。

加ノ屋の常連稲荷はこの五人なのだが、五人以外にも、あわいにいた頃に顔を出してくれていた稲荷が、時々やってくることもあり、それかなと思っていたのだが、店のほうから奥の厨房へとやってきたのは薄緋だった。

「薄緋さん」

「薄緋殿が来るなんて珍しいな」

秀尚と陽炎が声をかけたが、薄緋は無言のまま、空いている場所にイスを持ってきて腰を下ろすと、交換用に置いてあるコップを手に取り、そして陽炎が脇に置いていた一升瓶からそこに遠慮なく注いで一気に飲み干し、それから大きくため息をついた。

――うん、これ、デジャブかな?

見たことのある光景パート3である。

「薄緋さん、何かあったんですか?」

聞かなければ話が始まらないので、秀尚はさらりと聞いた。

その秀尚の言葉に、薄緋は陽炎の一升瓶からまたコップに酒を注ぎ、

「何もなければ、こんなに荒れた飲み方はしませんよ……」

静かだがどこか底冷えするような声で言った。

もともと、薄緋は声を荒らげて怒るほうではない。

子供たちを怒る時でも、淡々と教え諭《さと》す、といった様子で、陽炎などはそれが逆に怖いと言うし、秀尚もそう思う。

「子供たちと、何か……?」

今日、子供たちを説得すると聞いていたので、秀尚がとりあえず話を進めようと問う。

それに薄緋は頷いた。

「ええ……。話は早いほうがいいと思って、朝、食事の後に子供たちを説得しようと思っ

て言ったのです。祭りの練習をしても、幼いあなたたちは祭りに参加することはできない、と。だって、そうでしょう？　耳も尻尾も自力で隠せない子たちですよ？　加ノ原殿が以前、浅葱と萌黄を人界に連れて出かけてくださった時だって、いなり寿司を見て耳と尻尾を出してしまったというじゃないですか。いなり寿司でもその騒ぎで、人界の祭りに連れていったらどんなことになるか」

以前、秀尚は子供たちの「おかいものいきたい」攻撃にあい、『耳と尻尾を術で隠してもらった後、何があっても耳と尻尾を出さずにいられるか』という試験に合格した浅葱と萌黄を連れて買い物に出かけたことがある。

万が一のことを考えてフードつきのマントを着せ、不測の事態が起きてもとりあえず隠せるようにした上、時雨にもついてきてもらったが、食料品コーナーのいなり寿司専門店でショーケースの中で山積みになったいなり寿司を見て、二人はもふっと、耳と尻尾を出してしまったのだ。

すぐに時雨が対処してくれてことなきを得たが、夏はフードつきのマントを着せるわけにもいかない。

そして、祭りには子供たちが興奮する要素しかない。

「それで、祭りのことは忘れるようにと言ったんです。そうしたら『おうたのれんしゅうしたのに……』『ふりつけ、かんがえてるのに……！』って号泣ですよ？　歌と舞の話を聞いてから、まだ二十四時間経ってないんですよ？　それなのに号泣で、一日中みんなさめざめとしてしまって……。みんながその調子ですから、その気を感じ取って寿々もむずかって仕方がなくて……」

その光景は簡単に想像できた。

余程大変だったのか薄緋はまたコップの酒を飲み干すと、ダンッと強めに配膳台に置き、

「それもこれも、祭りの話が出た時に調子に乗った誰かのせいで……」

明らかに陽炎だと分かっているがあえて名前を出さず、陽炎から分捕《ぶんど》った一升瓶から、また酒を注ぐ。

——わー、薄緋さんも、お酒強いんだ……。

秀尚がどうでもいいことに感心していると、当て擦《こす》られた陽炎は、

「俺のせいか？　俺だけのせいか？　説得できなかったのは冬雪殿も同じだし、そもそも最初に加ノ原殿が止めなかったのが悪い」

なぜか逆ギレした。

そして、謎の被弾をした秀尚は、

「言っときますけど、俺はあの前の日に同じことを聞かれそうになって、速攻で話を変えました！　だいたい、みんなのこれまでの傾向を見てたら『お祭りやりたい！』ってことになるの分かるじゃないですか。それなのにしゃあしゃあと『おいしかった出店の食べ物

ベスト3』とか調子に乗って煽った陽炎さんに言われたくないです」

即座に反論した。

「まぁまぁ、秀ちゃんも薄緋殿も陽炎殿も落ち着いて？　ここで仲間割れしたって、解決しないんだから」

時雨が落ち着くように全員を促し、濱旭は『説得できなかった』ことを蒸し返されて落ち込んでしまった冬雪を『大丈夫、冬雪殿のせいじゃないって』と励ます。

やや重い空気になった厨房で最初に口を開いたのは、黙って聞いていた景仙だった。

「祭りをする、というのは、そんなにダメなことでしょうか……？」

ぽつりと放たれたその一言に、全員が景仙を見る。

集まった注目に、景仙は軽く頭を横に振り、

「酒の上の戯言《たわごと》と、聞き流してほしいのですが……」

そう前置きをしてから続けた。

「祭りをするということの意味や意義、その心構えといった事柄を教えるのは、いいことなのではないかと思うのです。……無論、子供たちの興味は出店なのでしょうが……そこはメインではないのだと改めて教えた上で、真似事《まねごと》の祭りを経験させてもよいのでは、と
……」

「祭りの意義や心構えを伝える、というのは確かによいことだとは思いますが……」

景仙の言葉に、薄緋は一理ある、というような様子で言ったが、祭りの真似事というのは承服できない様子だ。

「本宮では、仔狐《こぎつね》の館《やかた》の子供たちも、大祭の時には参加するわけですから、その予行演習とは言いませんが、多くの者の前で何かを披露する、そのためにみんなで努力をする、ということを教えるのは、よいのではと」

景仙のその言葉に、

「仔狐の館の子たちの舞とか歌って、可愛いのよねぇ」

時雨が呟くと、濱旭も頷いた。「仔狐の館」というのは、本宮にある養育所のことで、萌芽の館の子供たちよりももう少し年長の子供たちが集っている施設だ。

萌芽の館の子供たちも、いずれそちらに移ることになるらしい。

「普段はもう、人の姿になるのが普通なのに、緊張して、顔とか手とか、一部分だけ狐に戻っちゃったり、酷いと全部狐に戻っちゃう子もいたりして、でも一生懸命踊ってくれるんだよね」

「本当に可愛いよね。本人は失敗しちゃったって、後で泣いてたりするんだけど、もうそういう姿も込みで可愛いっていうか」

うん、うん、と頷きながら落ち込んでいた冬雪も言う。

「子供時代の経験ってのは、何事においても後々生きてくる。思い返して元気になれる思い出だったり、気を引き締めなければならない自戒だったり、様々だが、経験は何物にも代えがたいところがあるとは思わないか？」

陽炎が言った。

だが陽炎が「なんかいいこと言った」ふうの時は要注意だと秀尚は身をもって知っているので、その後の言葉に警戒する。

「確かに、それも一理はあると思いますが」

薄緋が思案しながら言うと、

「なら、子供たちのために、祭りの真似事をするってのはどうだ？」

陽炎はそう切り出した。

――あ、やっぱりそうなるんだ……。

秀尚は危機感を覚えながらすーっとみんなの集う配膳台からフェードアウトし、料理の準備をする。

とにかく側にいたらまずい。

絶対に被弾する。

そう思って調理台でひたすら料理を始めた。

その秀尚の背後で、

「真似事……たとえばどの程度まで『真似』るんです？」

薄緋が聞いていた。

「そうだな、まず、祭りとは遊びではなく『儀式』だってことを教えなきゃいけないから、精進潔斎と、朝、昼、夜の祝詞。それから、奉納する歌舞の練習をさせて……当日はそれを披露してもらわないとならないから、舞台を準備しよう。で、ゆかりのある稲荷たちにそれを見てもらえばいいんじゃないか？」

陽炎が言うと、

「あら、発表会みたいで可愛いわね。アタシ、絶対行くわ」

「俺もー」

時雨と濱旭が返す。

「それは分かりましたが……子供たちが楽しみにしている出店のほうはどうするんです？　無論、神界では出店はありませんから、そういうものなのだと言ってしまえばいいかもしれませんが……」

だが子供たちの一番の楽しみの『出店』がない場合、それで子供たちが納得するとは思えない。

今は諦めたとしても、また何かの拍子に「おまつりいきたい！」と騒ぎだす可能性は充分すぎるくらいにある。

「そのあたりも考えてある。……時に加ノ原殿」

陽炎に名前を呼ばれ、野菜に焼き目をつけていた秀尚はため息をついた。

「はい……？」

「あわいで、ちょっとした出店を頼めんか？」

思ったとおりの展開に、

「やっぱり俺にも火の粉は降ってくるんですね……」

秀尚は呟いた。

「その場で調理を、とは言わん。でき上がってるものを並べておいて、子供たちの数プラス参観に来る大人稲荷の分を適度に売るくらいで」

かなりハードルを下げてくる陽炎と、

「必ずご利益《りやく》あるから！」

笑って言う時雨に、仕方ないなと思いつつ、

「分かりました。引き受けます」

秀尚がそう返事をすると、

「よし！　あとは日程と、祭りの会場をどこにするか、だな」

陽炎がかなりノリノリで計画を詰め始める。

だが、みんなが楽しげにしているのを耳にしながら、『まあ、子供たちのためだし、いっか』と気持ちを入れ替えて、秀尚は料理を続けた。

四

あわいの地での子供たちの祭りは、一ヶ月後の「加ノ屋」の二日連続の定休日の初日に行われることになった。

祭りができない、と意気消沈して、泣きながら眠った子供たちは、翌朝、涙で目を腫《は》らしながら朝食の場についたらしいが、「いただきます」の前に薄緋から、あわいの地でお祭りをします、と聞いて元気を取り戻したらしい。

「みんな、楽しんであれこれ細かな部分を決めています」

薄緋からそう報告が来て、そのついでに、

「明日から子供たちに精進料理をお願いできるでしょうか？」

と改めて依頼が来た。

昨日の居酒屋で、陽炎が子供たちに精進潔斎をさせると言って、それが採用されたので、秀尚もそのつもりでいたが、とりあえず準備の都合もあるので明日から、ということになっていた。

その際に、子供たちには「祭りというのは楽しいだけの行事ではなく、厳粛なものである」ことを教えなくてはならないという名目を立て前に、「そうしょっちゅう祭りをやりたいって言わせないために、厳しめにいこう」ということで、菜食のヴィーガン食に近づけることにした。

そして翌日の仕入れの時に、市場で精進料理用のソイミートを中心に植物性の商品をいろいろと買ってきた。

これまで秀尚は精進料理についても、ヴィーガンについても詳しく調べたことはなかった。ざっくりとどちらも「菜食主義」と解釈していたのだ。今回調べてみると、この二つはいわゆる「菜食主義」の中でもルールが厳しい「完全菜食」と呼ばれるものだということが分かった。

ヴィーガン食では砂糖も白砂糖は使わないし、はちみつも使わない。その代わりに使うのが、甜菜糖《てんさいとう》やメープルシロップだ。そして精進料理では野菜でも五葷《ごくん》と呼ばれる、強い匂いのもの——ネギ、タマネギ、ニンニク、ニラ、ラッキョウは使わない。

子供たちには、その両方のルールを取り入れたものを食べてもらうことにした。

今まで気軽に使っていた食材が使えないことが多いので、その代わりになるものを考えたり、味のバランスを整えるためにいろいろと調整したりする作業が手間ではある。

しかし、インターネットで調べると様々なレシピが掲載されていて、本当にありがたいなぁと思ったたし、市場でも秀尚がこれまで必要がなかったので知らなかっただけで、ソイミートなどの代用肉は意外と販売されていた。

——これ、うまくやったら、店のメニューにも使えるかも……。

女性客はやはりヘルシーなものを好む傾向が強いので、そういった料理も今後、メニューに登場させれば新たな客層を掴むこともできるかもしれないと思う。

もちろん、調理場では普通に他の料理も作るし、やはり出汁やスープは動物性のものを入れたほうがコクが出るので、完全菜食のメニューとしては出すつもりはないし、難しい。

しかし、メイン食材はすべて植物性、くらいなら、万人向けの商品として納得できるおいしさのものが作れるんじゃないかと思うのだ。

そのため、今回の子供たちの食事作りは、その練習と言ってはいけないのだが、試作品作りにはちょうどいいかな、と思う。

なので薄緋には、それとなく子供たちの食いつき加減を見て教えてください、とお願いしたところ、快諾してくれた。

「とりあえず、明日はまだ俺のほうの準備が足りないから豆腐系メインでいくか……」

閉店後の加ノ屋の厨房で秀尚は試作を始めることにした。

明日は加ノ屋が休みなので、子供たちがやってくる。

朝食は萌芽の館にいつもどおり、送り紐《ひも》——ただの一本の紐なのだが、届けたいものをその紐で作った輪の中に入れておくと、紐の持ち主の許に届くという不思議アイテムだ——で送っておくし、昼食はうどんなので、出汁を昆布のものにして、きつねうどんを作れば問題ないだろう。

問題はおやつと夕食だが、意外と豆腐は万能食材なことが調べるうちに分かった。

「おやつはドーナツもどきでいっか……、夕食も豆腐ハンバーグで、木綿《もめん》豆腐にひじき入れて……」

とりあえず、大量に買ってきた豆腐は、半分は冷凍庫に入れて凍らせ、冷蔵庫にしまっていたほうの豆腐を取り出し、試作することにした。

ペットボトルの蓋を下に挟んで傾斜をつけたまな板の上に豆腐を並べ、その上にもう一枚まな板を置き、さらにその上に水を入れたボウルを載せて重しにして、豆腐の水気を切る。

その間にひじきを戻して適度な大きさに切り、繋ぎにする山芋をすり下ろす。

そして水気の切れた豆腐をすり鉢で潰し、ひじき、山芋を入れて混ぜていく。

「んー、ちょっと緩いかな…パン粉…あ、粉豆腐入れてみよ」

少しまとまりが悪かったので、粉豆腐で固さを調節して、塩コショウで肉だねは完成だ。

軽く焼いて食べてみると、淡泊だが、おいしかった。

「煮込みハンバーグ系にしたらいいかな。和風出汁で煮込んでもいいし、トマトソースで煮込んでもおいしいだろうし」

まずまずの出来栄えだ。そして次におやつのドーナツである。

牛乳は豆乳に置き換え、卵をどうするか悩んで、水を切った絹ごし豆腐を使うことにした。木綿に比べて潰すとかなり滑らかだ。

小麦粉に潰した豆腐、豆乳、甜菜糖、ベーキングパウダー、それから太白《たいはく》ゴマ油を入れて生地をまとめ、揚げる。

「……うん、イケる。これにジャム添えたらオッケーかな」

初めてにしては、そこそこうまくできたと思う。

「さて、肉だねを全部焼いて……今日はトマトソースで仕上げるかな」

無論、居酒屋で出すメニューである。

そこでおいしいと言われたら、そのまま明日の子供たちの夕食に使うつもりなのだ。

「さて、他には何を出そうかなぁ……」

秀尚は冷蔵庫を覗き込み、中途半端に残った食材を出して今夜の居酒屋で出す料理を考え始めた。


翌日、子供たちはみんな元気にやってきた。

「かのさん、かのさん！　あわいで、おまつりするんですよ！」

早速笑顔で報告してくるのは萌黄だ。

「ぼくともえぎちゃんは、うたをうたうかかりなの」

双子の浅葱もそう報告してくる。

「そっか、お祭りするんだ。よかったなー」

一応知らない体《てい》で言い、二人の頭を撫でてやる。

「とよも、うたうよ！」

と、豊峯も主張し、

「わたしととえちゃんと、ことひろちゃんで、おうたにあわせておどるの」

二十重も自分の役割を教えてくれる。

「そうなんだ。じゃあ、みんなで踊ったりはしないの？」

秀尚が問うと、

「えっとね、みんなでうたうおうたがふたつと、いっしょにおどるきょくがひとつで、あともうひとつが、うたうのとおどるのとにわかれるの」

実藤が説明した。

「じゃあ全部で四つか」

「ぼくたちは、うたいながら、しっぽにすずをつけて、それをならすよ」

「あと、みんながおどってるときは、ちいさいたいこをりょうてでたたくの」

経寿と稀永は狐姿だが、話せるので普通に歌える。しかし、踊りとなると難しいので、その時は打楽器担当になるようだ。

祭りの話が出たのが先週。

その時は出店で遊ぶことだけを考えていた子供たちが、歌舞の奉納を知らされてからまだ数日しか経っていない。なのに、もうここまで話がまとまっていることに、秀尚は驚く。

そこには、どれだけ子供たちが楽しみにしているかが表れていた。

——じゃあ、俺も頑張らないとな。

目をキラキラさせて、全力で頑張ろうとする子供たちを見ていると、秀尚も自然とそういう気持ちになる。

「みんな、薄緋さんから聞いてると思うけど、今日の朝から、食べるものが変わりました」

一応、改めてみんなに言っておいたほうがいいかと思って秀尚は報告する。

「はい。えーっと、しょーじんりょうりって、うすあけさま、いってました」

萌黄が手を上げて答える。

「そう、精進料理。今までは鶏肉とか、豚肉とか、牛肉、それからお魚とかもおかずに出てただろ？　でもこれから一ヶ月間、そういうのが全部ダメになりました」

秀尚が言うと、子供たちが「え……？」と戸惑いの声を漏らした。

どうやら薄緋は「精進料理」とは伝えたものの、説明ははしょったらしい。

薄緋は時々、「とりあえず、大枠で伝えて、疑問が出てきたらその時に処理」という方法を取る。

多分手間を省いているのだろうが、半分くらいは「自分が説明しなくても誰かが説明してくれる」と思っている節を感じなくもない。

——まあ、いいか。料理担当は俺だし……。

秀尚はあっさりと思い直して、子供たちへの説明を続けた。

「えーっとね、お祭りっていうのは、神様への日頃の感謝の気持ちを伝える、みたいな意味合いがあるんだ。おかげさまで元気で生活できてます、みたいな」

秀尚は数えで十三になる年に儀式に参加するに当たって、神主から説明された言葉を思い出しながら言う。

「その感謝を込めて、歌ったり踊ったりして、それを神様に見てもらうんだけど、お祭りに参加する時は殺生《せっしょう》を避けるって習わしなんだよ」

「せっしょー……。うすあけさまが『むえきなせっしょーはいけません』っていうけど、それとおなじ？」

「ちょうちょうさんをつかまえようとしたりしたときに、いわれるね」

二十重が言うのに、子供たちも頷く。

「殺生っていうのは、動物を殺すことを言うんだ。鶏肉や豚肉、牛肉、魚、そういうのを食べるってことは、その動物や生き物たちを殺して食べるってことだろう?」

秀尚の言葉に子供たちは衝撃を受けた顔をした。

「ころして、たべる……」

「どうしよう! ぼく、とりさんのからあげ、いままでいっぱいたべた!」

「ぼく、はんばーぐ!」

案の定、プチパニックに陥《おちい》る。

――あー、これが面倒で説明はしょったんだな、薄緋さん……。

幼い子供には衝撃すぎる事実だ。

だが、ここまで言ってしまったからには、ちゃんと説明しなくてはならないだろう。

「だから、みんなご飯の前に『いただきます』って言うだろう?」

秀尚が言うと子供たちは、まだ衝撃を引きずったままの様子ながら頷いた。

「俺たちが生きていくためには、他の動物の命をもらって、それをご飯にして食べていくしかありません。これは、みんな分かる?」

重い話題なので子供たちは神妙な顔をして、また頷いた。

「ご飯になってくれた、いろんなものの命を『いただきます』。それが『いただきます』

の意味だと俺は思ってる。牛とか豚とか鳥とか魚とか……そういういろんなものの『命』で俺もみんなもでき上がってるんだ。そう思うと、いろんなことが大事に思えてこないかな？」

そう聞いてみたが、子供たちはピンとこない様子だ。

「えーっとさ、たとえば、モンスーンを見て楽しいって思うのも、甘いおやつを食べておいしいって感じるのも、生きてるから、だろう？　生きるためには、他のものの命をもらって食べてくしかない。もし自分が食べられる側だったら、自分を食べた人が悪いことをしたり、泣いてばっかりいたら『えー、俺、食べられてあげたのに、悪いことばっかりするの？』ってちょっと嫌な気分になっちゃうだろ？　だから、みんなはご飯の時には『いただきます』って感謝して、毎日、できるだけ幸せな気持ちで過ごしてあげたら、食べられてくれた子たちも喜んでくれるんじゃないかなって思う」

秀尚の言葉に、子供たちはまだ表情は硬かったが、ぼんやりとでも何か感じ取るものがあった様子で、

「はんばーぐをたべるのも、からあげをたべるのも、わるいことじゃないの？」

浅葱が聞いた。

「うん。みんなが、健《すこ》やかに成長するために『必要なこと』だからね。薄緋さんは『無益《むえき》な殺生』はダメって言ったんだろう？　無益っていうのは『必要じゃない』ってことなん

だ。『食べる必要』があるのは、殺生とはいっても、『無益』じゃないからね。だから、みんなはご飯の時は今までどおり『いただきます』って感謝して、おいしく食べてあげてください。それで、命をくれたみんなは幸せな気持ちになるんじゃないかな」

秀尚が言うと、みんな少し明るい顔になり、声を揃えて「はーい」と返事をした。

「ただ、今日の朝からみんなのご飯はその『殺生』をしないものばかりのご飯です」

ここでようやく秀尚は『精進料理』の説明に戻る。

「お祭りに参加をする人は、殺生を避けましょうって習わしがあるんだ。なんでかは、館に帰ってから薄緋さんに聞いてほしいんだけど……。それで、みんなもお祭りの参加をするから、お祭りまではさっき言った、牛さん、豚さん、鳥さん、魚さんたちを使わないものしか食べられません」

「じゃあ、なにたべるの？」

聞いたのは実藤だが、食べるのが好きな子供たちはみんな同じ疑問を抱いていたらしく興味津々といった様子だ。

「お野菜とかなら大丈夫。牛さんたちは『動物』で、野菜さんたちは『植物』だろう？　植物は食べてもいいんだ。でも、植物だって『生きて』るのには変わらないから、ご飯の前に『いただきます』って言うのも、おいしく食べてあげるのも、そこはいつもと変わらないからね」

「じゃあ、まいにち、おやさい……」

テンションが下がった様子で豊峯が呟く。その呟きに、他の子供たちも激変する食生活を悟り、テンションがダダ下がりになった様子だ。

「そう、毎日お野菜。でも、できるだけ、みんながつまんなくないように、俺も頑張って料理作るから、みんなもお祭りまで頑張って」

そう言って励ましてみるが、みんなのテンションが下がるのは作戦のうちだ。

——ごめんな、みんな。

ちょっと謝りつつ、

「なので、今日のお昼のおうどんは昆布のお出汁のきつねうどんです」

発表すると、子供たちは明るい顔をした。

「きつねうどん……！」

「あまいおあげさん、だいすき！」

子供たちはいなり寿司も好きだが、きつねうどんも好きだ。

「おうどんとおあげは、たべてもいいんですか？」

萌黄が問う。

「うん。おうどんは小麦粉から作るし、お揚げは大豆っていうか、豆腐から作るからね。どっちも植物性」

「じゃあ、おうどんは、これからもたべられるの？」

目を輝かせて問うのは殊尋だ。

「具材によるよ。カレーうどんはお肉が入ってるからダメだし、月見うどんも卵だからダメ。でも、お野菜のかき揚げのてんぷらうどんなら大丈夫」

子供たちは少し難しい顔をしたが、

「じゃあ、お祭り、やめる？　やめるなら、お肉でもお魚でも好きなもの食べられるよ？」

秀尚が言うと、心は祭りに完全に傾いているようで、

「おまつりします！」

「するー！」

と元気に返してきた。

「じゃあ、頑張ろうか」

秀尚が励ますと、再び声を揃えて「はーい」と返事をしてきた。

まだ初日で、しかも朝食に肉類が出なかっただけなので、子供たちは余裕だ。

――さあ、いつ頃、みんなが泣きを入れ始めるかな……。俺は三日目に、から揚げ食う夢見たけど……。

そんなことを思いながら、秀尚は携帯電話で精進料理のレシピを調べる。

いつもはそれぞれ遊ぶ子供たちだが、今日はダンスの練習をするらしく、円になって、手の振付をいろいろ考えながら、あれこれ動きを工夫している。

「萌黄、すーちゃんつれておいで」

秀尚が声をかけると、萌黄は寿々の入っているスリングを見て、頭を横に振った。

「大丈夫です」

「うん、萌黄が大丈夫なのは分かってるけど、すーちゃんが眠たそうだから、こっちで寝かせてあげないか？　ダンスの練習で萌黄が動き始めたら、すーちゃん寝られないから」

秀尚が言うと納得したのか、萌黄は輪から離れて秀尚の側に来た。

寿々の入っているスリングを外し、秀尚に託すと「おねがいします」と言って戻っていく。

寿々は思ったとおり、座布団の上に落ち着かせると、すぐに丸くなって寝始めた。

今度の祭りでは、さすがに寿々の出番はない。

「すーちゃんは、俺と一緒に店番してもらおうかな。看板娘ならぬ、看板息子だ」

秀尚は囁《ささや》きながら、眠る寿々の頭を優しく撫でた。

◆◇◆

秀尚の精進料理が始まって一週間。

翌週、再び加ノ屋の休日にやってきた子供たちは、

「……はんばーぐたべたい」

「おとうふのもおいしいけど、おにくのはんばーぐがたべたいです」

「ぼくは、かれーらいすたべたい」

「わたしは、しーふーどぐらたん」

「かーらーあげ！　ぜったい、からあげ」

「うぃんなーもたべたい」

肉食の禁断症状が出ているらしく、口ぐちに食べたいものを訴《うった》える。

秀尚があわいの地に迷い込んでから、彼らの食生活は豊かで——それまでも人界で売っている惣菜や弁当などを食べていたが、それ以上に多岐にわたる様々なものを秀尚は作り、食べさせてきた。

それもこれも、子供たちの健やかな成長を思ってのことだ。

だが、それがここにきての「精進料理トライアル」ともいうべき状況では足かせとなっているらしい。

「びっくりするくらい、お肉のメニューばっかりだね。じゃあ、お祭りやめちゃおっか？

それで、お昼ご飯は肉うどん……」

秀尚がお祭り断念を誘いかけてみるが、全員、頭をブンブンと、横に振った。

「だいじょうぶです！」

「がまんできるもん！」

「おまつり、したいー」

どうやら、つらいとはいえ、心が折れるほどではないらしい。

「じゃあ、みんな頑張って。あと四週間だね。歌と踊りの練習は進んでる？」

秀尚が問うと、みんな頷いた。

「おどりは、ぜんぶふりつけがおわったの。いまは、みんなでそろえてるところ」

「かのさん、ちょっとだけみる？」

十重と二十重が聞いてくる。

「見せてくれるの？　見たい、見たい」

秀尚が言うと、みんなは最初のフォーメーションらしい円を作る。前列の子供は膝をつき、そこから滑《なだ》らかな階段状になるように中腰、立位と姿勢をそれぞれ変えている。

みんなの体勢が整ったところで、

「あ！　おんがく！」

「もってくるのわすれちゃった！」

踊りの練習をするのに使っている音源を持ってくるのを忘れたらしい。

「かのさん、まってて、すぐにもってくる」

そう言ってすぐに押し入れと通じている萌芽の館に戻っていったのは浅葱だ。

だが、少しして浅葱が持ってきたものを見て、秀尚は目を丸くした。

「え……？」

戸惑う秀尚に浅葱は笑顔で、

「おまたせ！　おんがくもってきたよ！」

そう報告するが、どう見ても、浅葱が持っているのは鳥籠《とりかご》だ。

そして、中には一羽の鳥が入っている。

「えーっと、それ、鶯《うぐいす》かな？」

色合いから察しをつけて聞いてみると、浅葱は頷いた。

「うたうぐいすさんだよ」

「いろんなおうたをおぼえて、うたってくれるんです」

萌黄もやってきて説明する。

――いや、そりゃ萌芽の館って、確かに電灯も蛍《ほたる》だったけど……。

それを考えれば音源といってもＣＤなどではないことは分かるが、まさかの鶯だった。

「うすあけさまが、ほんぐうからかりてきてくれたんです」

「あー、そうなんだ」

ちょっと衝撃が強すぎて、そう言うしかなかった。

だが秀尚が納得したと判断したのか、浅葱は秀尚の横に鶯の籠を置くと、萌黄と一緒にみんなのところに戻り、フォーメーションを作り直す。

「せーの、はい！」

そのかけ声で、鶯は突然歌い出した。

『歌』というよりも音楽を奏《かな》で始めた、と言ったほうがいいだろう。

琴に似た楽器の流れるような音に笛が入り、なんとも雅《みやび》な音楽だった。それに合わせて子供たちが踊り出す。

まだ不揃いで、振りが覚えきれていなくて、途中で止まったり、みんなと逆方向に手が出たりする子もいるが、それもまた可愛らしい。

一通り最後まで終わると、秀尚は拍手をした。

「可愛い、可愛い。みんな、すごくよかったよ」

「でも、まちがえちゃった」

「ちゃんとまだ、おぼえられてないねー」

子供たちはそれぞれに反省点があるらしく、口ぐちに言うが、

「本番まで四週間、これからずっと練習したら、どんどんうまくなるよ。まだ振付が決まってそんなに経ってないのに、これだけ踊れたら、すごいと思う」

秀尚が褒めると、子供たちは嬉しそうに笑う。

「じゃあ、もっとがんばる」

「うん、頑張って。俺も、下でみんなのお昼ご飯作ってくるから」

秀尚が言うと、子供たちは「ごはんー」「おうどんー」「おそばもいいなー」と嬉しそうに言う。

肉食厳禁ではあっても、やはり食べることは楽しみらしい。

楽しみにされると、頑張ろうと思ってしまうのが秀尚の性分である。

秀尚は厨房に下りると、子供たちの昼食の準備を始める。

今日は冷やしうどんにする予定だ。

冷たい出汁をかけてさっぱりと食べるつもりだが、そこに添えるおかずには野菜のかき揚げと、から揚げを作ることにした。

もちろん、から揚げといっても、鶏ではなく、使うのは一度凍らせた豆腐だ。

朝から外に出して解凍しておいたそれを適当に潰して、みりん、醤油、砂糖、片栗粉、それからトウモロコシの水煮を入れて混ぜる。

適度に形を整えて、表面に片栗粉をまぶして揚げると、見た目は鶏のから揚げとそっくりになる。

「味も……まあ、こんな感じかな」

一つ味見をしてから、でき上がった料理を店の畳席に並べ、準備が整ったところで子供たちを呼ぶ。

いつもどおり、手を洗ってから店の畳席に向かった子供たちは、皿に盛られたから揚げを見て目を輝かせた。

「わぁぁぁ！　からあげ！」

「からあげ、たべてもいいの？」

から揚げにテンションを上げたものの、一ヶ月はから揚げが食べられないはずだったことを思い出したらしく、少し不安そうに聞いてくる。

「これは、食べても大丈夫なから揚げ。一人三個ずつだからね。はい、みんな座ってー
……、いただきます」

秀尚が言うのに続いてみんなが声を揃えて「いただきます」と繰り返す。

そして子供たちが真っ先に箸を伸ばしたのは、大皿に盛られたから揚げだった。

「…！　からあげ！」

「おいしいー！」

子供たちが歓声を上げる。その中、

「とうもころしがはいってます！　あまくておいしい」

混ぜ込んだトウモロコシに萌黄が気づいて言う。

「カルボナーラ」を結局「かるろらーな」と間違ったまま覚えた萌黄は「トウモロコシ」も「とうもころし」で記憶に定着させた模様だ。

「とうもろこし、な。食感がおもしろいだろ？」

「はい！　それにおいしいです」

「いつものと、あじはちがうけど、おいしい！」

浅葱もそう言って、萌黄と「ねー」と同意し合う。

「かのさん、これ、これ、なんのからあげなの？」

聞いてきたのは豊峯だ。

「これは、木綿豆腐だよ」

「おとうふなの？　とりさんみたい！」

「似てるだろ？」

秀尚が言うと、豊峯はこくこくと頷く。

「このつめたいおうどんも、おいしい！」

「れもんみたいな、でも、ちがうみたいなにおいがする」

そう言うのは実藤と殊尋だ。

「暑いから、さっぱりしたもののほうがいいかなって思って。麺つゆにゆずの果汁と、皮を下ろしたのをちょっと混ぜてある」

「おいしいー」

「てんぷらもおいしーよ！」

みんなそれぞれ、好きなものを食べ始める。それを見ながら秀尚も、寿々に食事をさせつつ食べる。

――満足してくれてよかった。

大人側の事情で「そうしょっちゅう祭りに参加したい、と思わせないために」との策から始まった精進料理作戦だが、三度の食事が楽しめないのは可哀想だ。

秀尚自身、精進潔斎をしていた時期、つらいと思ったことが多かった。

他の家族が普通に肉類を食べているのを見ると羨ましくて仕方がなかったのだ。

子供たちはみんな同じものを食べているので、そういうシチュエーションにはならないが、やはりご飯はおいしく、楽しく食べてほしいなと思うのだ。

から揚げもどきに満足して昼食を終えると、子供たちは二階に戻っていった。秀尚も昼食の片づけとおやつ作りの段取りをつけてから二階へと戻ったが、階段を上っている途中から、誰かの歌声が聞こえてきた。

のびやかで柔らかな声は、思わず聞き入ってしまいそうなほどだ。

だが、階段を上りきる前に歌は終わってしまい、そのうち、またみんなでの合唱が始まった。

部屋に入ると、歌鶯《うたうぐいす》の伴奏に合わせて、子供たちが、大好きなアニメ『魔法少年モンスーン』のオープニングソングを歌っていた。

それにも、ちょこちょこ、途中で振付がされていて、可愛いことこの上ない。

その歌が終わったタイミングで、

「みんな上手だけど、さっき、一人で歌ってたの誰?」

問うと、みんな顔を見合わせた。

「だれ、うたってたっけ?」

「えーっとね、まれながちゃんのあとで、もえぎちゃんがうたってて、それでとよみねちゃんがうたって、みんなだった」

殊尋が指を折って思い出しながら言う。

「あー、じゃあ豊峯だ。階段上ってくる時に聞こえて、上手だなーって思った」

秀尚が言うと、豊峯は少し照れたように笑ってから、

「とよ、おうたうたうのだいすき」

そう返してくる。

いつもなら「ぼくも、うたすき!」と対抗してくる子が出てくるのだが、豊峯の歌のう

まさにはみんな、一目置いているのか、

「とよちゃんのおうた、きいてるのぼくもすき」

「わたしも！」

と納得した様子で同意した。

「豊、何か歌って」

秀尚がリクエストすると、豊峯は笑顔で頷いて、さっき歌っていた秀尚の知らない曲を歌い始めた。

知らない歌は退屈なことが多いのに、全然そうではなくて、純粋に豊峯の声に秀尚は聞き惚《ほ》れた。

歌が終わると一緒に聞いていた子供たちからも拍手が起きる。

それに豊峯はやはり照れたように笑って、座って聞き入っていた浅葱と萌黄のところに近づいてペタンと同じように座る。

「豊は本当に上手だな。将来、歌手になれそうだ」

「『かしゅ』って、いっぱいひとがいるところで、おうたうたうひと？」

豊峯の呟きに、

「とよちゃん、かしゅになったら、もんすーんのおうた、いっぱいうたって！」

「もしかしたら、とよちゃん、もんすーんとあえるかも！」

子供たちが興奮したように言い、架空の「豊峯が歌手になった未来」の話が、主に彼らの大好きなアニメ『魔法少年モンスーン』絡みで広がり始めるのを、秀尚は目を細めながら見つめた。

◆◇◆

翌日も加ノ屋が休業日であるため、子供たちがやってきた。どうやら昨日のから揚げが気に入ったようで、またリクエストがあり、この日はノーマルなざるそばに昨日の鶏のから揚げもどき、それから、野菜の素揚げを昼食に出した。

やはり子供たちは大喜びで、味は違っても「から揚げ」風ならテンションが上がるのかな、と思いつつ、今度、居酒屋でも出して、評判がよかったら店で出そうと秀尚は皮算用する。

そしてこの日も夕食を食べた後、子供たちは萌芽の館に帰っていった。

食事をすませて帰った子供たちは、少し食休みの休憩を取ると、風呂に入る。そして風呂に入った後は、もう就寝時間だ。

「まだ、ねむたくない」

　などと言っていても、いつものように薄緋が部屋の片隅に座り、絵本を読み始めると、どれだけ寝つきの遅い子供でも、二冊目の途中で寝入る。

　薄緋もそうさせるつもりで、単調な声で絵本を読むし、半ば条件反射にも近いのかもしれない。

　子供が全員寝入ったのを確認してから、薄緋は部屋の灯りをすべて消し、子供部屋を後にすると、残った仕事を片づけたり、調べ物をしたりするために、自分の部屋か、資料室に向かう。

　今日は調べ物があったので一階の資料室に向かった。

　それから約二時間後。

　子供部屋で寝ていた豊峯は、トイレに行きたくなり目を覚ました。こういうことは珍しくないというか、夜中に誰かがお手洗いに行くのはよくあることだ。

　秀尚が客間にいた時は、お手洗いに行った後、部屋に戻らず秀尚の布団に潜り込んでくる子供が多くいたし、秀尚が部屋に戻ってきた時にはすでに布団の中に誰かが入っていることがほとんどだったくらいだ。

　ただ、トイレのために目を覚ましたといっても、眠気が半分以上残っているものだ。

　豊峯が寝ぼけ眼《まなこ》で、しかし慣れた足取りで、部屋の端の布団の敷かれていない部分――

子供たちの布団が一面に敷かれているため、安全に歩けるのは部屋の端しかない――を歩いてお手洗いに行き、そして用をすませて部屋に戻ってきた。

そして自分の布団に戻る時に、やはり寝ぼけ眼のせいか、誰かの布団の端を踏んでしまい、よろけた豊峯の腕が布団を敷くために壁際に寄せてあった鏡台に当たった。鏡台には布がかかっていて、それが落ちはしなかったものの、ずれた。

豊峯も、鏡台に当たった自覚があったので確認したが、布がかかっていたので、そのまま自分の布団に戻り、再び眠りについた。

だが、ずれた布は少し間を置いてするりと落ちて鏡に夜の室内が映る。

子供部屋には、もう一つ鏡がある。それは向かい側の壁に取りつけられた鏡だ。

もともと、部屋には壁に取りつけられた鏡があったのだが、子供たちの朝の身支度に、鏡が一つでは大変なので、後で鏡台が持ち込まれたのだ。

その鏡台の鏡と壁の鏡はまっすぐ正面同士に置いてあったわけではなかったのだが、それでも互いを映し出しあう範囲内にあり、たまたま合わせ鏡の状態になった。

そして、丑三《うしみ》つ時――。

豊峯は、夢を見ていた。

知っているような知らないような、花の咲いている庭にいると、似たような年頃の子供がいた。

その子供は、豊峯を見て驚いた顔をしていたが、

「きてくれたの？」

そう聞いた。豊峯はその言葉の意味が分からず、

「あのね、しらないうちに、ここにきてたの。きれいなところだね」

と返すと、子供は嬉しそうに笑った。

「ぼくの、だいすきなおにわなの」

子供は小さな鼓を腰にさげていた。綺麗な飾りのついた鼓だった。

「そのつづみも、きれい。ならせる？」

豊峯が言うと、子供は頷き、小鼓を手に持つと、ポン、と打った。

すると、とても響きのよい音が鳴り、

「すごい、きれいなおと！　もっとたたいて」

豊峯がねだると、子供も褒められたのが嬉しいらしく、テンポよく小鼓を鳴らし始めた。

その音とリズムに乗せられて、豊峯は歌い出した。

そして歌い終わると、二人は顔を見合わせて笑う。

「たのしいね」

「うん、すごくたのしい」

「そのつづみ、ほんとうに、すごくきれいなおと。いいなぁ」

豊峯が言うと、その子供は、

「きみのこえも、すごくきれいで、いいな」

そう言った。

「じゃあ、こうかんする？　いちにちだけ」

綺麗な音のする鼓を打ってみたくて、豊峯が提案すると、その子供も笑顔で頷いた。

「うん。こうかん！」

そう言って子供は自分の鼓を豊峯に渡した。

「ほんとうにきれいなつづみ……」

豊峯が呟いた時、

「あ、だれかきちゃう。じゃあ、あしたね！」

子供はそう言って、走ってどこかに行ってしまった。

豊峯はしばらくその庭で受け取った小鼓を眺めていたが、そのうちまた、別の夢を見始めた。


「さあ、朝ですよ。みんな起きて、顔を洗っていらっしゃい」

いつものように薄緋が子供部屋にやってきて、起床を促す。

声をかけられただけではなかなか起きられない子供が多いので、薄緋は一人一人に順に優しく声をかけながら、強引に上体を起こしていく。

そこまでされると起きざるを得なくなり、子供たちは洗面所に顔を洗いに行く。

その間に薄緋は、まず簡単に子供たちの布団を軽く畳んで端に寄せ、代わりに子供たちの着替えが入った葛籠《つづら》を出しておく。

あとは戻った子供たちが勝手に葛籠の中から服を取り出して着替えてくれるのだ。

その時、薄緋は誰かの布団の中に見慣れない小鼓があるのに気づいた。

「……また、誰かが子供に持ってきたのでしょうか…？」

大人稲荷が子供たちにいろいろと持ってきて与えていることは知っている。特に人界任務の稲荷は、人界の家庭で不要になった子供向けのおもちゃなどをよくもらってきてくれる。

これもそのような流れで来たものだろうと大して気にせず、薄緋はその鼓を祭りの練習用にと、本宮の仔狐の館から借りてきた道具一式と一緒にしまった。

程なく、子供たちが戻ってきて、身支度を始め、全員の支度が整ったところで階下に下り、厨房の奥にある和室で揃って朝食だ。

秀尚から毎朝、送り紐で届けられるものだ。

「きょうもおいしそう！」

今日のメニューはご飯と味噌汁に、紫キャベツと水菜のサラダのミニトマト添え、五目豆の煮物で、メインは厚揚げのあんかけだ。

彩りよく盛られていておいしそうなのだが、

「でも…はむえっぐも、たべたいねー」

肉類がやはり恋しい子供たちである。

「じゃあ、おまつりがおわったら、たべたいもののところに、はむえっぐもかいておこうよ！」

「うん！　かいておいて、かのさんにじゅんばんにつくってもらおう！」

どうやら、秀尚の知らないところで、そんなリストが作成されているようだ。

そんなふうに、多少の物足りなさを感じつつも、今日も元気に朝食を終えた子供たちは、食休みの後、それぞれ当番に当たっている場所の掃除をする。

それが終わると自由時間、つまり、遊びの時間なのだが、最近は遊ぶ時間は祭りの練習に費やされていた。

「じゃあ、おうたのれんしゅうしよう！」

「みんな、ならんでー」

十重と二十重が音頭を取り、練習が始まる。

みんな列に並んで、歌鶯の伴奏でいつものように歌い始めた時、その異変は起きた。

「……？　…っ　……！　……まって、みんなまって！」

豊峯が突然叫んだ。

その声にみんな歌うのをやめ、歌鶯も伴奏を止める。

「とよ、どうしたの？」

「どうしたんですか？」

隣に立っていた浅葱と萌黄が、今にも泣き出しそうな顔をしている豊峯に声をかける。

「…とよ、おうた、うたえない……」

震える声で、豊峯は言う。

豊峯の言葉に、子供たちはざわついた。

「え？」

「どうしちゃったの？」

「おこえ、でないの？」

「でも、おしゃべりは、できてます」

確かに「おうた、うたえない」と喋ることができているのだから、声が出ないわけではないのだ。

だったら歌えないわけがないだろう。

「もういちど、やってみよう？」

「そうだよ、とよちゃん。さっきは、ちょうしがわるかっただけかもしれないから」

そうとりなし、もう一度、歌鶯に伴奏を頼み、歌おうとしたが、やはり豊峯は歌うことができなかった。

懸命に歌おうとしているのだが、どうしても、声が出ないのだ。

「……とよ、おうた、とられちゃった……」

そう言って、豊峯はペタンと座り込み泣きじゃくる。

「ぼく、うすあけさまよんできます！」

「ぼくも！　すぐにうすあけさまよんでくるから、とよ、まってて！」

寿々の入ったスリングをつけた萌黄が浅葱と共に、慌てて薄緋を呼びに部屋を出る。

残った子供たちは、不安な気持ちになりながらも豊峯を慰《なぐさ》めて、二人が薄緋を連れてくるのを待った。

五

「さて……どうしたことでしょうね……?」

血相を変えて「とよが、おうたをとられちゃったんです！」と、にわかには理解しづらいことを言って薄緋の許に浅葱と萌黄が駆け込んできたのは、少し前のことだ。

二人に手を引かれ、子供部屋に来た薄緋は、泣きじゃくる豊峯の気配を探った。

そこで分かったことは、何かの呪《まじな》いであるということと、それが成立している——豊峯が納得した結果でのものだということしか分からなかった。

「豊峯、何か思い当たることはありませんか?」

薄緋が問うが、豊峯にはまったく心当たりがなかった。

そして聞いた薄緋も、子供たちと普段接する相手は限られているし、その中に、そんな妙なことをする者などいないことから、首を傾げるしかなかった。

「……うすあけさま、とよ、もうずっと、おうた、うたえないの……?」

豊峯はそう言って泣くが、薄緋も、そして子供たちも、どうすればいいのか分からなかった。

「とりあえず、私より多尾の稲荷に来てもらって見てもらいましょう。そうすれば、何か分かるかもしれません」

そう言って薄緋が呼んだのは、六尾でこの時間、あわいの地の警備任務についている冬雪だった。

冬雪も探ったが、「成立した呪い」であるということ以外は分からず、その後、景仙、陽炎も来て見てくれたが、結果は同じだった。

そして、豊峯が「歌を歌えなくなった」ことは、その日の居酒屋の時間に、秀尚の耳にも入った。

「お喋《しゃべ》りはできるのに、歌だけ、歌えないんですか？」

奇妙としか言いようのないことに、秀尚は首を傾げる。

「そうなんだ、悪い意図は感じられないんだけれどね」

「本人も、覚えてはいないが、そうなることを『納得』してるんだ。そうじゃなければ、あれだけ綺麗に『成立』はしないんでね」

冬雪と陽炎が言う。

「豊峯ちゃんが、詐欺《さぎ》にあったって可能性はないの？　うまく騙されたっていうか」

時雨が問うが、

「その可能性もなくはないが、それよりも疑問なのは、誰がそんな呪いをかけたか、だ。子供たちはあわい以外じゃ、ここにしか来ないだろう。それも、この家の中だけだ。いつ誰が豊峯にってこともな」

陽炎の言葉に、秀尚は不安になる。

「もしかして、俺が厨房にいて子供たちだけ二階に残してる時に何かあったとか……」

「いや、その線はまったくないとは言えんが、かなり薄いだろう。あわいのほうが、まだ可能性がある。何しろ不安定な場所で、相変わらず時空の裂け目はよくできるからな」

陽炎が可能性は残しつつもほぼ否定に近い言葉を告げる。あわいの地は、人界と神界の狭間に作られた不安定な空間にある。そのため、様々な時空と繋がる裂け目ができてしまうのだ。

加ノ屋での可能性が低いのは嬉しいが、豊峯の身に起きたことを考えると喜ぶ気にはなれなかった。

「それに、『悪い意図』はまったく感じられませんでした。……純粋にまっとうな呪いとでも言えばいいのか……」

景仙も難しい顔をする。

「……豊は、ものすごく歌が上手なんです」

秀尚がぽつりと呟くように言う。

「え？　そうなんだ？」

濱旭が問う。

「子供たちの中では一番上手で、みんな聞き惚れちゃうくらい。本人も歌うのが大好きだって。……だから、すごくつらいだろうな。……ちょっとでも元気になれるように、なにかしてやりたいけど、豊だけ特別扱いっていうのも、まずいだろうし……」

豊峯の好きなものを作って食べさせるくらいのことしかできないが、それも、他の子供たちの手前はばかられる。

「まあ、健康を害してるわけじゃないから、しばらくは様子を見るしかないな。期限つきの呪いなら、そのうち戻るかもしれないし……いつまでも戻らないようなら、本宮の専門職に見てもらうしかない」

「そうよね、呪いの形跡を辿ってくのは、専門職の仕事だものね」

陽炎の言葉に時雨も納得したように頷いた。

どうやら、稲荷にもいくつかの専門分野があるらしい。

萩の尾のような厨で働く調理専門の稲荷や、時雨や濱旭たちのように人界で働いて調査に当たる稲荷もいるのだから、それも当然のことかもしれないが。

「あわいで起きたことなら、俺たち警備の責任にもなるが……とにかく今は、なりゆきを見守るしかないな」

呟いた陽炎からは、できることができない苛立ちのようなものが感じられた。

豊峯の声は翌週になっても、戻らなかった。

そして、やってきた加ノ屋の休業日。

子供たちはいつものようにやってきて、また、祭りに向けて練習を始めるが、豊峯は歌うことができないので、歌鶯と一緒に伴奏に回ることになった。

伴奏といっても、演奏らしい演奏はできないので、カスタネットやトライアングル、小太鼓などの打楽器を叩いて音を添える程度の出番だ。

たん・たん・たん・チーン、たん・たん・たん・チーン、と単調なリズムでの伴奏が添えられるが、あからさまにやる気のなさが感じられた。

豊峯が一人で歌うはずだったところは、代わりに萌黄が歌うことになったが、萌黄もなんとなく居心地が悪い様子だ。

「じゃあ、もういっかい、おうたれんしゅうして、つぎはおどりのれんしゅうにしよ」

十重が言い、歌鶯が前奏を歌い始める。

そして子供たちが歌い始め、豊峯もまた、たん・たん・たん・チーンとカスタネットとトライアングルを鳴らし始めるが、不意に立ち上がるとそれを畳の上に放り出し、ダッと、秀尚の部屋から出ていってしまった。

「とよ！」

「とよちゃん！」

子供たちが驚いて後を追おうとする。

「みんな待って、俺が行くから。みんなは練習してて」

練習するみんなと、豊峯の様子を見ていた秀尚はそう言って、子供たちを部屋に残し、豊峯の後を追って階段を下りた。下りている途中で厨房から裏庭に出るアルミ扉を開閉する音が聞こえたので、豊峯が裏庭に出たのは分かった。

秀尚が裏庭に出ると、豊峯は何も植えられていない花壇の前で座り込んで泣いていた。

「豊、そこは暑いだろ？　日陰においで」

秀尚は豊峯に歩み寄り、声をかける。

豊峯は涙でグチャグチャの顔で秀尚に抱きついた。

「……っのさ…、とよ…ったぃ、たい……！　かす…、かすたね……っ…も、とら…っ…んぐる、も、つまんないぃ……！　おぅた、うたぃたい……！」

号泣しながら訴えてくる。

一番歌がうまくて、歌うのが大好きだったのだ。

それが理由も分からず、歌えなくなって、豊峯が「納得してこうなった」結果だと、大人稲荷たちは言っていたが、本人がそのことを覚えていないのだから、納得はできるはずがないだろう。

豊峯の気持ちは、察するに余りあった。だが、

「ごめんな。俺は、豊を治してやれないんだ」

秀尚が謝ると、豊峯は声を大きく出して泣きじゃくった。

秀尚は、そんな豊峯を、ただ抱きしめてやることしかできなかった。

◆◇◆

「もう、本当に可哀想で、見てられないっていうか……。豊峯をなんとかしてあげたいんですけど、手はないもんですか？」

子供たちが館に帰っての居酒屋タイムである。

当座、飲むのに困らないだけの料理を出し終わって――最近の居酒屋は、子供たちの精進料理メニューに合わせて、野菜ものが多い。とはいえ、普通に肉や魚も使って作るので、彼らの満足度は変わりなさそうだ。ちなみに、今並んでいるのは、ひじきのサラダに、子

供たちに出したきのこの蒸しものに茹でた豚の薄切り肉を足してゴマ油で和えたもの、それに手羽先と大豆の煮物だ——秀尚は、今夜来ている四人の常連稲荷たちに言った。

「俺たちも、できるもんならなんとかしてやりたいとは思うんだが…、そう簡単に手出しができる問題でもないんでね」

陽炎が腕組みし、難しそうな顔で言った。

「期限つきの呪いかどうか、見極めてからじゃないと不用意に動けないんだよ」

冬雪が言う。

「見極めてからなら、大丈夫なんですか？」

「大丈夫ってわけでもないんだけど、期限つきの呪いの場合、その期限が来る前に外から何らかの圧力をかけた場合、その呪い自体が『壊れる』可能性があるんだ。そうなると、永遠に『歌』が失われる可能性もあってね」

秀尚の問いにそう説明を返した。

「それは……。でも、豊峯が可哀想で……」

永遠に歌えなくなるくらいなら、見極められるまで、あとどの程度かは分からないが待つほうがいいのだろう。

それでも、豊峯の気持ちを思うと、居ても立ってもいられないのだ。

そして、そんな秀尚の言葉に、濱旭も頷く。

「一番得意なこととか、好きなものとか、できなくなったらつらいよね……」

しみじみとした様子で言うのに、その隣に座していた時雨も頷いたが、

「でも、人界だと、わりとよく聞く話じゃない？」

そう言ってから、少し間を置いて続けた。

「事故や病気で、一番好きなことじゃなくても、これまで簡単にできてたことが急にできなくなっちゃったりっていうのは、多いと思うのよね」

時雨の言葉に、秀尚は身近なある人のことを思い出した。

「あー、俺のじいちゃんも脳梗塞《のうこうそく》で倒れて、体不自由になっちゃいました」

秀尚はそう言ってからハッとし、携帯電話を取り出した。

だが、そこに表示されている時間を見て、

「ダメだ。この時間だともう寝ちゃってるかも……」

諦め、携帯電話をしまう。

「あら、誰に電話するつもりだったの？」

気になったのか、時雨が聞いてきた。

「じいちゃんです。今も多少不自由なところはあるんですけど、俺の目から見て、わりと早くに立ち直ったっていうか……そんな気がしたから、立ち直った時にどんなこと考えてたのかとか聞けたら、俺もなんかマシなアドバイスっていうか、言葉を豊峯にかけてやれ

るんじゃないかなって思って」

そう答えた秀尚に、

「ホント、大将って優しいよね」

濱旭が感激した様子で言う。

「いや、そんな優しいとか、そういうんじゃないです」

謙遜ではなく、本当にこういうのは優しいと言っていい範疇じゃないと思った秀尚に、

「いやいや、おまえさんは、本当に優しいと思うぞ。若いわりに、人ができてるっていうか」

陽炎が突如として褒め出した。それに秀尚は警戒する。

「今の言葉、絶対、裏がある」

秀尚のその言葉に、陽炎は、頭を横に振った。

「いやいや、裏なんてもんはない。ぜーんぶ、表だ」

「そうだよ。加ノ原くんは本当に優しいと思うよ」

冬雪も被せてきて、ますます怪しい、と秀尚は感じる。

「……褒め言葉として、ありがたく受け取りますけど」

一応、褒めてもらっているのだろうし、そう返すと、

「さて、その優しいおまえさんに、折り入って相談があるんだが」

陽炎はそう切り出してきた。

「ほらー！　やっぱり裏があるじゃないですか！」

秀尚は速攻で突っ込む。

「まぁまぁ、そう言わず、聞くだけ聞いてくれ。話を聞くだけでいいんだ」

陽炎が秀尚を宥めるように言う。

「聞いたら絶対、きかなきゃなんないやつでしょ？　どうせ」

「そんなことないよ。僕たちだって加ノ原くんに無理強いはしたくないんだ。それでこっちの頼みが通っても、後ろめたいしね」

冬雪が言うと誠実そうに聞こえるが、人たらしなので、陽炎ほどではないにしても要警戒かな、と秀尚は思う。

「……とりあえず、聞くだけ、ですよ」

念押しすると、陽炎はうんうんと頷いてから、言った。

「祭りの日に、おまえさんに出店を頼んでるだろう？」

「ええ。子供たちの分プラスアルファの売り切りで、フランクフルトやフレンチドッグなんかをって」

「その料理の数を増やすことはできんか？　あと、現場調理を頼みたい」

「ええー……」

秀尚は即座に難色を示した。

「頼む！　実はあわいでの子供たちの祭りの話が、景仙殿から奥さんの香耀《かよう》殿経由で別宮に流れてな。もし参加が可能なら遊びに行きたいって言ってる女稲荷が多数いるらしいんだ。それで、おまえさんがもう少し料理を頑張るって言ってくれるなら、招くか？　って話になってな」

陽炎が説明する。

ちなみに、唯一の妻帯者である景仙は、今夜は夜勤であわいの地の警備中だ。

「ちょっと、そうなると秀ちゃんの負担が重くなるじゃない」

秀尚のことを考えて時雨がそう言ってくれたが、

「独身女子も来るんだ」

と言った冬雪の言葉に、

「「ちょっと、それ、聞いてない！」」

濱旭と二人同時に腰を浮かせた。

そして、

「大将！　俺も手伝うから……！　無理？」

濱旭は言い、

「そうよ、交代制で店番もするから！　出店、ちょっと増やせない？」

さっきは秀尚のことを慮《おもんぱか》った時雨も、詰め寄ってくる。

正確には、二人は腰を浮かせた状態から動いてはいないのだが、感じる圧が、詰め寄られてる感でいっぱいだった。

「ええー……現場での調理ってなると、機材とか材料の準備とか、いろいろ手間なんですよね……」

水一つ使うのだって水道をひねって出すわけではないのだ。

「そこは、俺たちがなんとかする」

「稲荷の総力を挙げて、加ノ原くんが不自由しないようにするよ！　できる手伝いは何でもするし！」

陽炎と冬雪も圧をかけてきた。

偏った男女比率の稲荷界における男子稲荷の独身事情について常々聞かされている秀尚は、少しのチャンスでも逃せないということを知らされている。

そのため、今回に懸《か》ける彼らの気持ちも痛いほど分かり、

「……その分余計にかかる材料費とかなんとかしてくれるなら…いいですよ」

ついOKの返事をしてしまった。

その言葉に、

「ありがとう、秀ちゃん！」

「さすが大将、太っ腹！」

「よし！　これでワンチャン、あるかも！」

「まずは乾杯するか！」

独身四人は、「女子稲荷を招く」ことが決まっただけで、乾杯をし始めた。

つまりそれほど、稲荷界の女子不足は深刻なのだ。

その姿に悲哀めいたものを感じながら、

――結局こうやって、巻き込まれるんだよなぁ、俺……。

そう思いつつも、断れない心情になったがゆえとはいえ、引き受けることに決めたのは自分だし、とりあえず全力を出そう、と思う秀尚だった。

六

数日後のことである。

普通に加ノ屋の通常営業の準備を整え、十時半の開店に合わせて暖簾《のれん》を出し店内に戻ると十分と経たず、最初の客がやってくる。

そこから立て続けに客が来て、三十分もすれば、加ノ屋のテーブルはすべて客で埋まる。

それを一人で切り盛りしているので、段取りが命だ。

幸い、店の宣伝で使っているブログをはじめとしたSNSサービスで『一人で切り盛りしているので、混んでいる時には、料理の提供まで少しお時間をいただくことがあります。鋭意努力していますが、ご了承ください』と書いてあることもあって、多少待つことになっても文句を言う客はいない。

もちろん、そんな客の優しさに甘えてはいけないと思うので、できる限り段取りよく、待たせないように心がけている。

そして一通りの料理を出して、使い終わった鍋やフライパンを洗いながら、ふっと視線を上げると、目の前の二階へと続く階段のところに、ちょこんと豊峯が座っているのに気づいた。

「豊……、どうしたんだ？」

秀尚は目を見開いて、一旦、洗い物をする手を止めると、厨房を出て階段に向かう。

豊峯の目は泣いていた様子で、うっすら赤く、まだ涙が滲んでいた。

「……っ…みんなが、れん…しゅ……してるの…、いっしょに、いるの、いやで……」

こみ上げる嗚咽《おえつ》に、言葉を途切れさせながら、豊峯は言う。

「そっかー。薄緋さんに、ここに来るって言ってきた？」

秀尚が問うと、豊峯は頭を横に振った。

「じゃあ、薄緋さんが心配するといけないから、連絡だけしとこう。ちょっと、待っててくれる？」

秀尚はそう言うと、急いで伝票の裏に『豊峯が加ノ屋に来ています。しばらく店にいさせてもいいですか』と書いて、預かっている送り紐で薄緋に送った。

その間に店からお会計を頼む声が聞こえ、レジを終えて、テーブルの食器類を下げて戻ってくると、もう薄緋からの返信が来ていた。

流麗な文字で『ご迷惑をおかけしてすみません。頃合いを見て迎えに行きますので、よろしくお願いします』と書かれていた。

秀尚は、階段に座って不安そうに自分を見ている豊峯の許に向かった。

「薄緋さん、お店にいていいって」

そう言うと、豊峯の表情が少し和らいだ。

「でも、俺、お店があるからずっと豊についててはやれないんだ。二階でテレビ見ててもいいし、客席に行くのはダメだけど、厨房にならいてもいいよ」

秀尚の言葉に豊峯は、

「ちゅうぼうで、かのさんみてる」

と、答えた。

「分かった。じゃあ、おいで」

秀尚は店から豊峯の姿が見えないように――狐耳と尻尾を見られたら、ちょっと困るので尻尾はどうしようもないが、とりあえず一番目立つ耳を隠すために、豊峯の頭に三角巾を巻いて――自分の陰に隠し、階段から厨房内へと豊峯を移動させた。

そしてこの前のように配膳台の奥の邪魔にならない場所にイスを置いてやり、

「じゃあ、ここで座ってて」

抱き上げて座らせると、豊峯は大人しく頷いた。

今日も客は秀尚が「てんてこ舞い！」にならない程度に、引きも切らずやってきて、本当に豊峯を顧みてやる時間がなかなか取れなかった。

だが、豊峯はイスに大人しくちょこんと座って、秀尚が調理をしている様子をじっと見ている。その豊峯に、

「豊、味見。あーんして」

秀尚はそう言って、客用に使って少し残ったタネで一口サイズに揚げたサツマイモのかき揚げを口元に差し出した。

「……とよ、たべてもいいの？」

いつもなら味見と言われれば、喜んで口を開けるのに、豊峯は「休みの日以外は加ノ屋には行かない」というルールを破って来てしまったことに、少し罪悪感を覚えているのか、戸惑う様子を見せた。

「うん。でも、みんなには内緒」

そう秀尚が言うと、豊峯は安心したように口を開いた。

「あひゅい……でもおいしい！　あまい」

油を切るために少し置いていたとはいえ、子供にはまだ熱かったようだが、それでも笑顔を見せた。

「そっか、よかった」

秀尚は言って、客の皿に料理を盛りつけて、店内に出しに行く。

店内にいる客の料理はこれで一通り出た。

あとは、食後の飲み物を注文している客がいるので、それだけだ。

時計を見ると一時前だった。

「豊、おなか空いただろ？　何食べたい？」

「このまえの、からあげたべたい」

「ああ、あれか。ごめん、あれはすぐには無理だ。また今度でもいいかな？　リクエスト聞いといて悪いけど、他の揚げものでもいい？」

「うん」

「じゃあ、待ってて、すぐ作るから」

豊峯の分の昼食はもうすでに館に送ってしまっていたので、新たに作る必要があった。

とはいえ、秀尚も精進料理は徐々に作り慣れてきているので、いくつかぱっぱと頭に料理が浮かぶ。

——とりあえず残り野菜をかき揚げにしちゃって、それから、作ってみたかったアレ、試作してみようかな。

簡単な手順でできるものを思い浮かべる。

その間にも客が帰ったり、新たな客が来たり、食後の飲み物を出したり、店と厨房を行ったり来たりなのだが、いつものことだ。

「はい、おまたせ。豊峯特製ランチ」

ランチプレートに、花形に抜いたシソご飯、いろいろ野菜のかき揚げ、ひよこ豆の入った切干大根のおひたし、それからメインはプレートの真ん中に鎮座《ちんざ》するフライだ。

「おいしそう……！」

「あとこれ、お味噌汁。零《こぼ》さないようにな」

秀尚が言うと、豊峯は一度イスから下りた。

「どうした？」

「おてて、あらうの」

「ああ、そうだな」

とはいえ、子供たちが来る時にいつも置いてある踏み台は、今日は倉庫にしまってある。

秀尚は豊峯を抱き上げて、シンクの高さに合うようにしてやり、手洗いをさせた。

手を洗い終えた豊峯はイスに戻り、ようやく「いただきます」をして食べ始める。

真っ先に手をつけたのは、やはりメインのフライだ。

「……！　ふわふわ！　おいしい！　なんのあじだろう……たべたことない」

豊峯が不思議そうな顔をして、食べた断面を見たり、でもまた食べたくなって一口かじって「やっぱりおいしい」とにこにこしたりするのを見ながら、秀尚は自分用に揚げたフライを口にした。

「あー、イケるなぁ、これ」

作ったのは、車麩《くるまふ》を使ったフライだ。

水で戻した車麩を半分に切って水気を取り、塩コショウした後、岩ノリを塗ってサンドし、それに薄力粉、水溶き薄力粉——普通のフライならここで卵を使うのだが、精進料理なので使えず——そしてパン粉をつけて揚げたものだ。

何種類かレシピのエッセンスを混ぜて作ってみたのだが、からりと揚がった車麩に挟んだ岩ノリの味がアクセントになって、なかなかのいい出来だった。

「うん、おいしい！」

豊峯も笑顔でまたかじる。

おいしそうに食べてくれる姿を見ると、やはり嬉しくなった。

「ごちそうさまでした」

そうこうするうちに、豊峯は完食し、満足そうに手を合わせる。

「お粗末《そまつ》さまでした」

「すっごく、おいしかった」

にこにこして豊峯は言う。

ここに来た理由などを聞いたりしないでいたからか、豊峯はすっかり安心したらしく、いつもどおり——というか、以前の豊峯のように見えた。

「じゃあ、夕ご飯も頑張ろうかな。あ、夕ご飯に、さっき言ってたから揚げ作ろうか？」

秀尚が言うと、豊峯は「やった！」と両手を上げる。

「その前に、おやつもあるけど……それまで二階に行く？　ここにいる？」

元気になったなら、二階にいたほうがテレビもあるし、絵本も置いてあるから楽しいんじゃないかと思って聞いてみたが、

「ここにいる。かのさんが、いろいろつくるのみてるの、おもしろい」

豊峯はそう言った。

「分かった。じゃあ、今日は豊は厨房見学会だな」

そう言って頭を撫でてやると、嬉しそうに笑った。

——他の子もそうだけど、やっぱり笑っててほしいな……。

そうは思っても、根本的に自分ではどうにかしてやることができないのが、酷くもどかしかった。


薄緋がやってきたのは、加ノ屋が閉店になり、看板と暖簾を店内に入れ、玄関に施錠をして少ししてからのことだった。

秀尚は、洗い物をしていて、豊峯は埃《ほこり》を立てないように気をつけながら、調理中に落ちた野菜くずなどを箒《ほうき》で丁寧に集めてくれていた。

「おや…、お手伝いをしてるんですか？　感心ですね」

厨房に姿を見せた薄緋は、手伝いをしている豊峯を見て、そう声をかけた。

だが、豊峯は勝手にここに来たことを叱られると思ったのか箒をぎゅっと握ったまま、うつむいた。

「今日は、いい子でずっと仕事の手伝いをしてくれてましたよ。ご飯も、綺麗に食べてくれたし」

秀尚が今日の様子を伝える。それに薄緋は少しほっとしたような顔をした。

当然のことかもしれないが、どうしているのかやはり心配だったらしい。

「そうですか、それはよかったです……。豊峯、そろそろ館に戻りましょう。みんなもどうしたのかと、心配していますよ…」

薄緋は優しく諭すように声をかける。

だが、豊峯は縋《すが》るような目をして、薄緋と秀尚を交互に見た。

帰らなきゃいけないのは分かっているが、まだ帰りたくないのだろう。

帰れば、館の子供たちにいろいろ聞かれるだろうし、それに、みんなが歌うところを見なければならない。

それは、つらいのだ。

「豊、帰りたくない？」

秀尚は膝を折り、豊峯に視線を近づけて聞いた。

すると豊峯は、小さくコクンと頷いて、

「……かえりたくない」

ぽつりと言った。

その言葉に、秀尚は薄緋を見上げ、

「薄緋さん。もし可能なら、俺もちょっと豊とゆっくり話をしたいから、今夜ここで預かりたいんですけど……無理ですか?」

そう申し出た。

「加ノ原殿……」

「昼間は、店が忙しくて、豊と話してないんです。だから」

秀尚の言葉に薄緋はため息をついたが、

「……豊峯、明日の朝には、戻ってくるんですよ」

そうとだけ言うと、店の扉をリンクさせてある時空の扉で萌芽の館へと帰っていった。

「豊、今日はうちにいていいって。よかったね」

秀尚が声をかけると、豊峯は心配そうな顔で、

「うすあけさま、おこったのかな」

と、聞いてきた。

薄緋の態度云々ではなく、自分が悪いことをしたと豊峯が思っているので、怒られて当然だと感じているからだろう。

「ううん、怒ってないよ。豊峯のことを心配してただけ。心配だから、今は館に帰るよりここにいたほうがいいって思ったから、今日はうちにいていいって、そう言ってくれたんだよ」

秀尚が言うと、「ほんとうに？」と豊峯は聞いてきた。

「本当に。でも、明日の朝、帰らなかったら怒ると思う。だから今晩、俺とゆっくり楽しも？」

秀尚が軽く言うと、豊峯は頷いた。

「よし！　そうきたら、さっさと片づけて、館に送るご飯の準備しよう！　俺たちもそれ食べて、食べたら二階でテレビ見るぞー！　豊も手伝って」

とにかく気がまぎれるように、仕事を与えることにして、洗い物を終えると、下ごしらえのすんでいる食材で館の子供たちに送る夕食作りを始める。

豊峯が食べたがっていた例のから揚げも、昼に冷凍していた豆腐を出して解凍しておいたので、それで作り、揚げ終わって油が切れたものは豊峯に渡して、

「一人三個ずつになるように数えて、こっちのお皿に載せてくれるかな？」

指示を出すと、豊峯は一生懸命数えて「これは、あさぎちゃんの、これはもえぎちゃん

の……」と丁寧にキッチンペーパーを敷いた大皿に載せていってくれる。

館で分けるのが難しい料理以外はいつも大皿などに準備して、そのまま萌芽の館の厨房に送っている。そうしないと配膳台に載りきらないからだ。

そして、送られた料理は秀尚がつけた指示書というほどでもないが、一人分が何個で、どれには何をつける、というような簡単なメモ書きを見て、薄緋が取り分けて子供たちに出してくれている。

「かのさん、わけたけど……じゅっこものこったよ」

ここで食べる秀尚と豊峯の分なら六個残るはずなのに、多い。それで数え間違いをしたのかと、豊峯はまた数え始めようとするが、

「ううん、それで大丈夫。俺が五個、豊峯も五個。お手伝いのお駄賃《だちん》」

秀尚が言うと、豊峯は目を見開いた。

「いいの？」

「うん。でも、みんなには内緒」

秀尚は人差し指を口の前に立てて言う。

豊峯は笑顔で頷いて、同じように小さな人差し指を口の前に立てて「ないしょ」と笑った。

◆◇◆

一緒に作った夕食を二人で二階の部屋で食べ、食休みを少し挟んでから、

「今日は、豊と一緒に見たいＤＶＤがあるんだ」

秀尚はそう言って、デッキにＤＶＤをセットした。

「なに？　もんすーん？」

「残念。モンスーンじゃないけど、でもすごく迫力があるよ」

秀尚は言って、リモコンを操作し、再生した。

画面には、舞台上に並べられた大小様々な太鼓を中心にした打楽器。

櫓《やぐら》のようなものも組まれていて、そこには大きな和太鼓があった。

舞台の両そでから演奏者が次々に出てきて、自分の太鼓の前に立つ。そして、一瞬の間の後、

『ドン！』

全員が綺麗に太鼓を一発鳴らし、その音に豊峯は驚いた様子を見せた。だが、声を上げる間もなく一斉に太鼓の演奏が始まる。

大きさによって違う音や、縁を叩く音、あとはリズムだけで曲を奏でていく。

その合間に他の打楽器――シンバルなどが入る。

十分足らずの演奏だが、それが終わると、

「すごい！　かっこいい！」

豊峯は興奮した様子で言った。

「だろ？　あと…これは、こっちでしか見られないんだけど……」

秀尚はDVDを止めて、今度は携帯電話を取り出した。

そして、ブックマークしておいた動画を豊峯に見せる。

それはカスタネットだけの演奏動画だ。

カスタネットも様々な演奏手法があり、その様子に豊峯は食い入るように画面を見つめる。

そして動画が終わると、

「すごい！　かすたねっと、りょうほうのてにもってたたいたり、ごほんのゆびで、たらんってたたいたり、すごい！」

感動しきった様子で言う。

「だろ？　豊は、カスタネットとか、トライアングルとかつまんないって、この前言ってたけど、あんなふうにできたら、すごいよな」

秀尚の言葉に、豊峯は若干、説教の匂いを感じ取ったのか、少し表情を強張らせた。秀尚はそれに気づかないふりで、今度は携帯電話のフォルダーから一枚の写真を見せた。

「これ、俺のじいちゃん」

「かのさんの、おじいちゃん。かみのけまっしろ」

「うん、まっしろだな。……じいちゃんも、料理人で、いろんなおいしい料理を作る人だった。俺の最初の先生みたいな感じ」

秀尚は祖父のことを紹介する。豊峯は、説教ではないのかも、と安心したような顔をする。『歌』のことには、まだ触れられたくないのだろう。

——豊峯、ごめんな。でも、話しとかなきゃいけないと思う。

胸の内で謝る秀尚に、

「かのさんの、おりょうりのせんせい？」

豊峯は聞いた。

「うん、そう」

「じゃあ、かのさんより、おりょうりじょうずなの？」

先生なのだから、秀尚よりも料理が上手なのだろうと純粋に想像したらしい。それに秀尚は頷いた。

「もちろん。オムレツでもなんでも、俺よりおいしいの作るよ。なかなかじいちゃんの作ってくれた味には、届かないなぁ」

それは本音だ。

子供の頃に祖父が作ってくれた料理は、どれも本当においしかった。

もしかすると、思い出補正がかかっているのかもしれないが、その分を差し引いても、まだまだ遠いなと思う。

「かのさんの、おじいちゃんのおりょうり、たべてみたい！」

おいしいものが大好きな豊峯らしく、笑顔で言う。

「だろー？　俺も食べたいなーって思う。でも、無理なんだ」

「どうして？」

「病気をして、今は、体の半分が不自由なんだ」

「ふじゆう……。うごかないの？」

豊峯は、今度は神妙な顔で聞いてきた。

「全然動かないわけじゃないよ。でも、前みたいには動かないから、プロの料理人としてお客様に料理を出すのはできなくなった。じいちゃん、料理が作るのが大好きで、それで料理人になって、自分でお店をしてたんだ」

「じゃあ、いま、なにしてるの？」

「今は、週に三回、リハビリって分かるかな……。体が少しでも、今より動くように一生懸命練習しに、病院に通ってる。でも、すごく楽しそうにしてるよ」

そこまで言って、秀尚は一度言葉を切り、それから続けた。

「……俺、じいちゃんに、『一番好きなことできなくなったのに、なんでそんなに楽しそうなの？』って聞いてみたんだ」

一昨日、祖父に電話をした。

今、どうしてる？　と聞いた秀尚の問いに返ってきたのは、

『毎日忙しくしとるぞ。月曜、水曜、金曜は病院へリハビリに行って、帰りにカラオケに行って、一時間、一人で歌って帰ってきて、その後、あれじゃ、ネットに載せる写真を加工して、火曜と土曜と日曜はペーパークラフトでドールハウスを作っとる。木曜は、ばあちゃんとデートじゃ』

という、なかなかリア充な生活報告だった。

どうして木曜がデートなのかといえば『平日でどこも空いてるから』という至極もっともな答えだった。

「じいちゃんさ、前みたいに料理はもうできなくなっちゃったじゃん。今でもやっぱり、未練っていうか……それまで一番好きなことだったじゃん？　それができなくなって、なんていうか、腐《くさ》ったりとかはなかった？」

もしかしたら、してはいけない質問かもしれない、と思いつつ、けれど、今の豊峯に慰

めではなく、似た境遇から何か聞けないかと思って、秀尚は聞いた。

『全然なかったとは言わん。それこそ、最初、リハビリに励んどったのも、もう一度店に立ちたいと思ったからだしな。けどな、リハビリでいろんなことをやるうちに、『あれも楽しい、これも楽しい』って思えることがいろいろ増えて、パソコンもリハビリで一緒になる若い子から教えられたんだがな、加工やらし始めたら楽しくてな。一番好きなことを長いことできて、それは幸せなことだった。でも、料理以外にも、楽しいと思えることが意外にあるってことに気づいてからは、まあ、今みたいな感じだ』

祖父は笑ってそう話してくれた。

「そういうじいちゃんだって、最初はすごく落ち込んだって言ってたから、豊も、今はつらくて当たり前だと思う。あんなに歌うのが上手で、大好きなのに、歌えなくなっちゃったんだから」

秀尚はそう言って携帯電話を机に置き、豊峯を抱き上げて膝の上に座らせた。

対面で話すと、妙に説教くさくなりそうだったからだ。

「でも、豊がまた歌えるようになるように、陽炎さんとか、冬雪さんとか、他の大人の人たちもいろいろ頑張ってくれてる。だから、また歌えるようになるかもしれない。……もしかしたら、無理かもしれないけど……。俺、豊には歌以外にも、楽しいって思えるものを、いろいろ見つけて、毎日を楽しいことでいっぱいにして、過ごしてもらえたらなって思ってるんだ」

それは豊峯だけじゃなく、子供たちみんなに対して思っていることだ。

もちろん、楽しいことばかりじゃない。

つまらないことが起きる日だってある。

悲しいことが起きる日もある。

それでも、そればっかりじゃないことに目を向けてほしい。

子供のうちなら、なおさら楽しいことでいっぱいの毎日を送ってほしいと思うのだ。

「……でも、とよ…うたいたい……」

豊峯は小さく呟く。

「うん。そうだよな、歌いたいよな」

秀尚は同意する。

豊峯の抱えている絶望を、秀尚は想像することはできても、理解することはできないと分かっている。

自分は、「夢を断たれた」経験がないからだ。

そんな自分が、慰めを言っても空々しくしかならないだろう。

だから、「現実」を伝えるしかないと、そう思った。

「でも、今はできないってことも分かる?」

確認するように聞く。

それは、残酷な問いだった。

しかし豊峯は、泣きそうな顔をしながらも頷いた。

「……うん……」

「だったら、歌う以外で楽しいこと、何か探そう？　お絵かきでもダンスでも、なんでも。それとも、俺と一緒に料理する？　昼間、料理作るの見てるの楽しいって言ってただろ？　作るのも楽しいし、料理ができるようになったら、大きくなったら本宮の厨で働けるぞ」

その秀尚の言葉に、豊峯は、

「とよ、たべるほうがすき」

迷いなく返してきて、その言葉に秀尚は笑った。

七

豊峯は一晩加ノ屋に泊まり、翌朝、薄緋との約束どおりに館に帰っていった。

すっかり元気な様子だったが、それは秀尚が頑張ったからではなく、夜に居酒屋で大人稲荷たちに可愛がってもらったからだ。

あの後、豊峯を風呂に入れ、寝支度を整えたところで、

「俺、下で明日の仕込みとかあるから、豊、一人で眠れる？」

そう聞くと、豊峯は、

「かのさん、まだ、おしごとあるの？」

と聞き返してきた。

「うん。明日、お店で出す料理の準備と、あと館のみんなには内緒だけど、陽炎さんとか大人の稲荷の人がお酒を飲みに来るから、その料理を作ったりするんだ」

秀尚の言葉に、豊峯は、

「……うすあけさまも、くるの？」

少し不安そうな顔で聞いた。

まだ、薄緋と顔を合わせるのはバツが悪いのだろう。

「薄緋さんは滅多に来ないねー。今日も来ないよ」

秀尚の返事に豊峯はほっとした顔をした。

「……ぼくも、したにいて、いい？」

興味があるらしくそう聞いてくる。

「うん、いいよ。じゃあ、行こうか」

秀尚は豊峯と一緒に階段を下りた。

今日、豊峯が来ていることは、時雨と濱旭の二人には携帯電話の連絡用アプリで伝えてあった。

『今日、いろいろあって、豊峯がお店に来ています。夜の時間には二階にいるかもしれませんが、もし下で会っても、歌のことには触れずに、ソフトに接してあげてくれたら助かります。陽炎さんたちにもそう連絡してください』

そのメッセージを投下すると、程なく濱旭からは、力こぶのある二の腕のイラストに『ガッテン』と書かれたスタンプが、そして時雨からは、ウィンクして投げキッスを飛ばしてくる狐のスタンプが押されて戻ってきた。

二人それぞれの『らしい』スタンプに、秀尚は和む。

さて、二人で一緒に厨房に行き、豊峯は昼間と同じ位置にイスを置いて座り、秀尚は明日の仕込みと夜の料理を作り始めた。

まずは今日の突き出しで、明日の店でも小鉢に使うニンジンのラペだ。

ニンジンを最初に千切りにする。秀尚は基本的に千切りは包丁で自分で作るが、今日は量が多いのでスライサーを使った。

次に、煮切ったみりんとオリーブオイル、塩を入れた調味液をボウルに作り、朝から倍量の酢で戻しておいたレーズンを酢ごと合わせる。時間がない時は、酢にレーズンを漬けて電子レンジでチンすることもあるが、今日はちゃんと作っておいたので、それを使った。

そこにさっき千切りしたニンジンを投入し味を馴染ませれば、ニンジンのラペのでき上がりだ。

「これで一品でき上がり」

「おひるまも、みてておもったけど、かのさん、おりょうりつくるのはやいね。あっというまにおさらのうえに、おりょうりがならんでいって、おもしろい」

豊峯が楽しそうに言う。

「下ごしらえがすんでるのと、あと作り慣れてるからだよ。さて、次はちょっと重めのもの……豊には目の毒だけど、ごめんな」

秀尚はそう言って冷蔵庫から豚肉の塊を出す。

「おにく！」

「そう、豚肉。豊が食べられないのに申し訳ないけど、大人の人たちはお仕事で疲れて帰ってくるから、力のつくもの食べないとなー」

秀尚が言うと、豊峯はうん、と頷く。

豚肉はシンプルに切り分け、普通に塩コショウをし、衣つけまですませてから再び冷蔵庫に戻す。

「いま、つくらないの？」

「うん。揚げたてを食べてほしいから、みんなが来てから。さて、次は……」

考えていると、店の入口のほうから厨房へ向かってくる足音が聞こえた。

「はぁーい、来たわよー」

明るく入ってきたのは時雨だ。

そして豊峯がいるのを見ると、

「あら、今日は可愛い看板息子がいるじゃない」

さも、今初めて知りました、という体《てい》で言ってくれる。

「でしょ？」

「しぐれさま、こんばんは。おしごと、おつかれさまです」

豊峯はぺこりと頭を下げ挨拶する。

「あらー、労《いたわ》られちゃったわ。もうそれだけで、疲れ吹っ飛びそう！」

時雨は感激しながら、豊峯の隣にイスを準備し、冷蔵庫からビールを取ってきて配膳台に伏せてあったグラスを手に、座る。

「豊峯ちゃん、まだ、眠くないの？」

「うん。だいじょうぶ」

「じゃあ、大人の時間に付き合ってもらおうかしらね」

そう言う時雨の前に秀尚はさっき作ったラペを出す。

「ああん、これ、大好き。レーズンがほんのり甘いのがいいのよね」

「時雨さんはレーズン大丈夫ですよね。冬雪さんは『レーズンがなくてもいい気がするんだけどな』なんて言ってますけど」

料理に果物が入っていると、時々議論になる。

以前、議論になったのは『酢豚にパイナップルは必要か』だった。

「でも綺麗に食べてたから、問題ないんじゃない？　豊峯ちゃん、一口食べる？」

時雨が問うのに、豊峯は秀尚を見た。

「とよ、これ、たべられるの？」

「うん。動物性のものは入ってないから」

秀尚の言葉で、

「あ、そっか、精進潔斎中よね。ご苦労様です」

今度は時雨が労《ねぎら》う。それに、豊峯は笑い、

「たまに、おにくがたべたくなるときもあるけど、かのさんのおりょうり、おいしいからだいじょうぶ」

と返し、それに時雨は、

「やだ…、いい子！」

感動した様子で悶《もだ》える。

「うちの自慢の看板息子ですから」

秀尚はよく分からない自慢をして、豊峯がまだ祭りに出るつもりがあることだけは分かってほっとする。

もしかしたら、歌えないのがつまらないからとリタイアするかもしれないと思っていたのだ。

そして、もしそうなっても仕方ないなと思っていた。

もし自分なら、そうしていたかもしれないからだ。

時雨が豊峯とラペを分けながら食べていると、

「大将！　お腹空いた！　とりあえず、おうどん作ってもらっていい？　かけうどんでいいから」

今度は濱旭が来るなり言った。

「いいですよ。どうしたんですか？」

いつも途中でご飯を欲しがることが多い濱旭だが、来ていきなりうどんを要求してきたのは初めてだ。

「今日、昼間すっごい忙しくて、ご飯食いっぱぐれちゃって……」

そう言いながら厨房の中に入ってきて、豊峯を見ると、

「あー、豊峯ちゃんがいるー。こんばんは」

挨拶した。

「こんばんは、はまあさひさま。おしごと、たいへんだったの？」

「うん。でも、頑張ったから、もう大丈夫」

そう言って、時雨と豊峯を挟む形でイスを置いて腰を下ろす。

濱旭に頼まれたかけうどんができる頃、陽炎、冬雪、景仙の三人が一緒にやってきて、フルメンバーが揃った。

そうなると、秀尚の動線を確保する形で座るには少し彼らのスペースが狭くなる。

それを感じ取った時雨が、

「豊峯ちゃん、アタシのお膝の上に座って」

と席移動を促し、豊峯は素直に移動する。

豊峯を膝の上に乗せた時雨は、

「ああ、この重み……懐かしい」

と、以前、まだ子供の姿だった頃の薄緋の重みを思い出し、感慨深げに呟く。

「おまえさん、もういっそ、ぬいぐるみでも膝に置けばどうだ？」

「あー、確かあるよね。生まれた時の子供の体重でぬいぐるみ作ってくれるサービス」

陽炎の言葉に濱旭が賛同するが、

「もう、あんたたち分かってないわね。このずっしり感プラス体温がいいんじゃないの」

時雨はそう言って、

「あ、陽炎殿、アタシにもビールおかわり」

と、自分のビールを準備していた陽炎を気軽に使う。豊峯を座らせているので、立ちたくないのだろう。

「俺をアシに使うとは……」

「いや、結構いつも、使われてるよね？」

「うん。そこ、一番、お酒入れてる冷蔵庫に近いし」

陽炎の言葉に、冬雪と濱旭が即座に返した。

最初に席を決める時に、酒に一番近い、という理由でそこを選んだのは、他ならぬ陽炎なのだ。

「まったくおまえさんたちは。ついでだ、おまえさんたちの酒も準備してやるぞ。ビールでいいのか？」

「はーい」

「私も、お願いします」

答えたのは濱旭と景仙で、冬雪は、

「僕はハイボールをもらおうかな」

一人別メニューを注文してくる。

「面倒なものを……」

苦情を言う陽炎に、

「ウイスキーのボトルと炭酸水のボトルをくれればいいだけだよ？　こっちでステアするから……ちょっと！　炭酸水のボトル振らないでよ！」

炭酸水のペットボトルを振って渡された冬雪は渋い顔をする。

「冷蔵庫にまだ炭酸水があるぞ」

ニヤニヤ笑って陽炎は自分の席に座った。

「もう……意地でもこれで飲むから」

大人げないやりとりをする大人稲荷たちの様子に、豊峯は楽しそうに笑うと、

「しぐれさま、ちょっとおります」

そう言って時雨の膝の上から下りると、さっき陽炎が開けていた冷蔵庫に向かい、炭酸水を取ってきて、冬雪に渡した。

「はい、とうせつさま」

「ありがとう、豊峯くん。いい子だね、誰かと違って」

冬雪は陽炎に当て擦るように言いながら、豊峯の頭を撫でて、炭酸水を受け取った。

「それ、しまってきます。ぬるくなっちゃうから」

豊峯はさっき陽炎が振った炭酸水のボトルを指差した。

「ありがとう、助かるよ。本当にいい子だね」

冬雪が感激したように言うのに、

「当然じゃない、自慢の看板息子よ？」

さっき秀尚が言ったセリフを、今度は時雨が笑って返す。豊峯は少し照れた様子を見せながら、渡された炭酸水のボトルを冷蔵庫にしまうと、時雨の許に戻り、また膝の上に乗せてもらう。

「秀ちゃん、豊峯ちゃんに食べさせても大丈夫なもの、他にも何かある？」

「あー、今、厚揚げ炊いてるんで、もうちょっとしたらでき上がりますけど、豊、食べられる？　おなかいっぱいじゃない？」

一応夕食をすませた後なので、聞いてみる。

「ちょっとだけ、たべる」

「ああ、もうお夕飯すんでるのね。じゃあ、アタシとまた半分こにしましょうか」

時雨が提案すると、豊峯は、うん、と頷く。

その様子に、豊峯のことを気にかけていた常連稲荷たちは少し安心した様子だ。

豊峯はその後も厨房にいて、大人稲荷たちの何気ない酒の席での会話を楽しんでいた。

普段はできない経験をしていることが楽しい様子だったが、いつも眠っている時間を少し過ぎたあたりで、動きがなくなり、

「あら、寝ちゃった……」

時雨は体を完全に預けて眠ってしまった豊峯を見て、囁く。

「もう、子供が起きてる時間じゃないからねぇ」

冬雪が、十時になろうとしている時計を見て言った。

「アタシ、寝かせてくるわ。二階でいいの？　それとも館に？」

「今日は二階で。俺の布団敷いてあるんで、そこに寝かせてあげてください」

秀尚が言うと、時雨は「はぁい」と軽く言って、豊峯を起こさないようにそっと抱き上げると、二階へと向かう。

「元気そうで、安心しました。こちらに来ていると聞いて、少し心配していたので……」

時雨が豊峯を連れて二階に行くと、景仙が言った。

「みんなが歌の練習をしているのを見てるのがつらかったみたいで……」

秀尚の言葉に、四人は頷いた。

「そりゃそうだよね……」

濱旭がぽつりと呟く。

「でも、元気になってるってことは、おまえさん、何か言ってやったのか？」

陽炎が聞いた。それに秀尚は頭を横に振る。

「いえ、特には。俺も店があるし、話を聞く時間もないし、来た理由も分かってるから聞く必要もなかったし……。ご飯の後、一緒に打楽器メインの演奏のＤＶＤと動画を見せた程度です。あと、歌以外で楽しいもの探そうって言って、料理作りはどうかって誘ったら、『とよ、たべるほうがすき』って即答されましたけど」

秀尚の返事に、冬雪が笑う。

「素直だねぇ。まあ、僕も食べるほうが好きかな」

「それは俺も同じだ」

陽炎も笑って、厚揚げに手を伸ばす。

「この、甘さがちょうどいいな。キリッとした辛口の日本酒に変えるか……」

陽炎が立ち上がると、

「あ、俺も！」

と、濱旭が手を上げ、景仙もそっと手を上げた。

「僕は、炭酸取ってもらえるかな。今度は振らずに」

わざわざ言葉をつけ足し、冬雪も言う。

「まったくおまえさんたちは、気軽に人をこき使う」

「立ってる者は親でも使えっていいますしね」

秀尚がそう言った時、時雨が二階から下りてきた。

「豊峯ちゃん、ぐっすりよ。寝顔が可愛くてずっと見てたくなっちゃう」

そう言って厨房に戻ってくると、

「あ、日本酒が始まってる」

「今ならまだ立ってるから、なんでも取ってやるぞ」

開き直って陽炎が言うのに、時雨は、

「悩ましいけど……ビールにするわ。……振らないでね」

さっきの冬雪のように言い、陽炎は「俺はそんなに信用がないのか」とぼやきながらもビールを取り、時雨に渡した。

常連稲荷たちの夜は、まだまだこれからたけなわに向かうのだった。

◆◇◆

次の加ノ屋の休みが来た。

豊峯はみんなと一緒に元気にやってきた。

そして、一緒に踊りの練習をし、次に歌の練習になったのだが、豊峯はどうするのかと思ったら、いろんな打楽器を机——こたつ布団を外され、電源を抜かれたこたつ机だ——の上に置いてスタンバイした。

「せーの、はい」

そのかけ声で歌鶯が前奏を奏で始め、みんなが歌い出す。

豊峯は歌の邪魔にならないように、うまくタンバリンを小さくシャラシャラ鳴らしたり、絶妙にリズムを刻んで太鼓やトライアングルを叩いたりする。

「すごい……、みんな、お歌すごくうまくなったね。それに、豊もすごい！　どこで何を鳴らすか、自分で考えたの？」

曲が終わり、秀尚が絶賛すると、豊は照れたように笑った。

「えっとねー、じぶんでもかんがえたけど、みんなでいっしょにかんがえて、あと、うたうぐいすさんにもそうだんした」

「え、鶯に？」

秀尚は鳥籠の中で涼しい顔をしている歌鶯を見る。

子供たちの話によると、みんなで考えた伴奏を入れる途中、歌鶯は合わないと首を傾げて「否」を伝えてくるらしい。

その反応を見て、次は別の楽器にしたりして、いろいろ試行錯誤したようだ。

「うすあけさまが、うたうぐいすさんに『とくべつりょうきんをしはらわないといけませんね』って、ごはんいがいにも、みずあめたくさんあげてた」

浅葱が報告してくれる。

どうやら、演奏指導は通常営業外のようだ。

「そっかー。みんなも、豊も、歌鶯さんもすごいな」

秀尚が褒めると、子供たちはみんな笑顔になり、歌鶯も苦しゅうない、とでもいう様子で翼を一度はためかせた。

「おまつりまで、もっとれんしゅうするの。かすたねっとも、みせてもらったみたいに、たらららんってたくさんならせるようにがんばってるの」

そう言う豊峯は、どこか誇らしげだ。

押しつけたような説教になったんじゃないか、歌を諦めろと言ったように聞こえたんじゃないかと、秀尚は内心で心配していたが、どうやら、「打楽器の可能性」に惹かれてくれた様子だ。

「そっかー、頑張れよ。みんなも、まだまだ練習するんだろう?」

「「「うん」」」

みんなが声を揃えて返事をする。

「じゃあ、たっぷり練習して。そしたらお腹が空くだろうから、おいしい昼飯食べてもらえるように、俺、準備してくる」

秀尚はそう言って厨房へと下りた。

昼食はうどんかそばと決まっているので、今日はざるそばにするつもりなのだが、それに添えるおかずの準備があるのだ。

「とりあえず、野菜の素揚げを作って……ひじきの煮物があるから、それを添えて……あと、たんぱく質が足りないから高野豆腐で何か……」

献立を考えていると、

「かのさん」

不意に声をかけられて、見てみると、そこに萌黄が立っていた。

相変わらず、寿々の入ったスリングをつけている。

「萌黄、どうしたー? 練習、いいのか?」

「おといれにいくって、いってきました」

「うん？　トイレ、二階誰か入ってるのか？」

加ノ屋には三ヶ所お手洗いがある。

二階の住居部分に一つ、そして一階の店側に一つ、厨房に従業員用が一つだ。

二階と厨房のお手洗いは以前壊れていて、店側の一ヶ所しか使えなかったのだが、耐震工事をした時にそこも修理して使えるようにしてもらった。

なので、二階のお手洗いを誰かが使っているから下に来たのかと思ったのだが、萌黄は頭を横に振り、

「かのさん、とよを、げんきにしてくれて、ありがとうございました」

ぺこりと頭を下げる。

「え？」

急に礼を言われて、秀尚は戸惑う。

「俺、何もしてないよ」

「ううん、とよは、かのさんのところにきて、げんきになってかえってきました。ぼくは……とよに、なんていったらいいのか、わからなかったんです」

萌黄はうつむいて自分を責めるような声で言い、続けた。

「すーちゃんと、うすあけさまが、がきにつれていかれちゃったあと、みんなぼくのせいじゃないっていってくれたけど、みんなにやさしくされると、うれしいのに、なきたく

なって……。だから、とよに、なんていっていいか、わからなかったんです……」

萌黄の告白に秀尚は、ああ、と胸の内で嘆息《たんそく》する。

以前寿々と薄緋が攫《さら》われた時、寿々の手を離してしまったことを、萌黄はずっと後悔して、自分を責めていた。

しかし、あれは萌黄のせいじゃない。

誰もがそう言ったし、実際、そうだ。

だが、萌黄は、自分が手を離さなければ寿々は餓鬼に連れていかれず、薄緋も子供の姿になってしまうこともなかったのだと、己を責めていた。

その時に、みんなに慰められて、そのことが余計につらかった経験から、萌黄は『慰める』ことがいいのかどうか分からなくて、戸惑っていたのだろう。

声をかけたいけれど、どんな言葉をかけていいのか分からない。

ジレンマで、もしかしたら、また自分を責めていたのかもしれない。

「萌黄は、賢い、優しい子だな」

秀尚は膝を下り、萌黄と視線を揃えて、頭を撫でる。

「慰めたいって思う気持ちも、慰めたいと思うからこそ、言葉が出ないっていうのも、どっちも正しい。言葉をかけられなくても、黙って見守ってくれるほうが嬉しいってこともあるんだよ。どっちがどうってことはない。萌黄は、萌黄が考えた『精一杯』をやったんだから」

「かのさん……」

「萌黄は、まだ、餓鬼に…結《ゆい》ちゃんに、すーちゃんと薄緋さんを連れていかれちゃった時のこと、自分のせいって、思う？」

問う秀尚に、萌黄は頷いた。

「うすあけさまは、まえみたいに、おとなになったけど、すーちゃんは、ちいさいままだから……」

以前、あわいの地に餓鬼が出たことがあった。その時に寿々と薄緋が餓鬼に捕まり、二人は妖力や生気を吸われて寿々は赤ん坊に、薄緋は子供の姿に戻ってしまったのだ。その餓鬼は結局、陽炎たちによって捕まえられ、今は餓鬼ではなくなったのだが、それに襲われた時に寿々と手を繋いでいた萌黄は、その手が離れてしまったことを、ずっと悔やんでいた。

「でも、あの事件があったから、結ちゃんは餓鬼じゃなくなったんだよ。あれがなかったら、結ちゃんは今もお腹を空かせてたかもしれないし、誰かに捕まって、もう誰とも話せない、会えない場所に連れていかれちゃってたかもしれない。そう考えたら、すーちゃんは、まだ小さいままだけど、またみんなと、いろんなものを見て、遊んで、食べて、ゆっくりだけど大きくなってくし、結ちゃんも餓鬼じゃなくなったし、それはいいことなんじゃないかな」

萌黄にはまだ納得できないことかもしれないし、もしかすると議論のすり替えになっているのかもしれないとも思う。

現に、萌黄は、秀尚の言葉をどう受け止めていいか分からないといった顔をしていた。けれど、

「どんな時でも、いいことばかりじゃないし、悪いことばかりでもないいんだよ」

そのことだけは、伝えておきたかった。

特に、いろんなことを敏感に感じ取り、考えすぎてしまう萌黄には。

「……むずかしいです……」

少し眉根を寄せる萌黄に、秀尚は笑う。

「うん、いろいろ難しい。難しい時は『考えない』ってことも必要だぞ」

「かんがえない……」

「そう。考えても答えが出なそうな時は、他のことをするのもいいんだぞ。俺はそんな時、ひたすら野菜を細かく切る」

単純作業を繰り返すうちに、ふっと答えが出る時もあるし、覚悟が決まる時もある。もちろん、ただの逃避で終わることのほうが多いが、考えすぎて消耗するのももったいない気がするのだ。

「さしずめ、萌黄にオススメなのは、トランプタワーかな」

秀尚が言うと、萌黄は、

「いちだんめはつくれても、どうしても、にだんめになると、くずれます……」

やはり難しい顔をした。

「チャレンジあるのみだ。……もうそろそろ戻らないと、みんな心配するぞ」

秀尚が言うと、萌黄は頷き、二階に戻っていく。

——優しい子たちばっかりだなぁ……。

しみじみと思いながら、秀尚は昼食作りに戻った。


昼食後、豊峯にせがまれて、みんなにあの太鼓のＤＶＤを見せた。

豊峯から話は聞いていたらしくみんな興味津々だったが、実際にその演奏を流すと食い入るように見入っていた。

豊峯も、二度目にもかかわらず同じように見入っていて、ところどころで、感心のため息を吐いたり、リズムに合わせて自分の手を動かしたりしている。

そして、演奏が終わると、

「すごい……かっこいい！」

「みんなでじゅんばんに『だだだだだだん』ってやっていくところ、すごかった！」

大興奮で感想を言い合う。

「かのさん、あれもみたい、あの、かすたねっとの」

豊峯がねだってくる。

「ああ、いいよ。でもみんなで見るなら、パソコンで見たほうがいいかな」

携帯電話では画面が小さすぎるので、秀尚は加ノ屋を始めてから買ったノートパソコンを起動させた。

テレビほど大きいわけではないが、携帯電話よりはマシだ。

そしてブックマークしておいた動画を再生すると、これにもやはり子供たちは食いつき、演奏が終わる時には、またさっきと同じように絶賛の嵐だ。

「とよ、とちゅうの、ぜんぶのゆびで、たらんって、ならすのやりたいんだけど、むずかしくて、まだできないんだー」

難しい顔をする豊峯に、

「とよなら、きっとできます」

そう励ましたのは、さっき、なんて声をかけていいか分からないと言っていた萌黄だった。

「おまつりまでに、できるようになるかなぁ……」

「れんしゅうしましょう。ぼくも、とよのれんしゅうに、つきあいます」

萌黄の言葉に豊峯は嬉しそうな顔をした。

「ほんとうに？」

「はい！」

「ありがとう、もえぎちゃん」

豊峯が礼を言うのに、

「ぼくも、とよのれんしゅうにつきあう！」

そう言ったのは浅葱だ。

「じゃあ、さんにんで、れんしゅうしましょう」

萌黄の提案に、豊峯も浅葱も頷く。

――萌黄、よくやった。

そう胸の内で褒めた時、萌黄が偶然かそれとも秀尚の視線を感じたのか、秀尚のほうを見た。

秀尚は萌黄に親指を立てて笑ってやると、萌黄ははにかむように笑った。

子供たちが、何かに迷ったりした時、正しい助言をしてやれる自信はない。

自分だって、迷ったり間違ったりすることばかりなのだ。

それでも、

――ちょっとは、役に立ててる……かな。

そう思う秀尚だった。

その夜、子供たちの状況を報告すると、

「よかった……、どうしてるか気になってたんだよね」

濱旭がほっとした様子で言い、時雨も頷いた。

「そうなのよね……。あの夜、豊峯ちゃんを膝に乗せながら術《じゅつ》のこと探ってたんだけど、やっぱりアタシにはさっぱりだったから……」

どうやら、時雨は知らぬ間にそんなことをしていたらしい。

「仕方がないよ、あれは特殊技能だから……」

冬雪が言うのに、陽炎と景仙も頷く。

「術関係って、やっぱりいろいろあるんですね。はい、お待たせしました、豚しゃぶのサラダです」

「彩りが綺麗だな。ミニトマト、アボカド……」

言いながら陽炎が早速取り分ける。

「あ、赤いタマネギだ。赤いタマネギって、なんか特別感あるよね」

次に取り分けていた濱旭が言うのに、冬雪も頷く。

「黄色いスイカとかも、おいしさで言えば赤いほうが甘いしいいんだけど、なんだか特別な感じがするよね」

「分かります、それ。夏にそうめんだったか冷麦だったか……昔うちで使ってたやつは一本だけ赤いのが入ってたんですよ。色がついてるってだけで、取り合いで」

秀尚が言うと、

「珍しいものって、やっぱり取り合いになるわよね」

時雨が頷きながら、やはり豚しゃぶサラダを取り分ける。

「毎回なんで、いつからか、赤いのが入ってないのになりました」

「賢明な判断だと思います。無駄な諍いはないほうがいいですから」

最後に景仙が豚しゃぶサラダを取り分けると、皿には三分の一ほどが残る。

あとは早い者勝ちでおかわり、というのがいつもの流れだ。

「じゃあ、豊の術は、特殊技能を持ってる人に頼むんですか？」

秀尚が少し話を戻して問うと、陽炎が頷いた。

「ああ。期限つきの呪いにしても、その期限が半年や一年となると問題だからな。術の痕跡を追って、かけ手を探す。それは俺たちにはできないんでな」

「そういうのを専門に請け負う部署があってね。でも、忙しいところだし、その部署にいる知り合いが、今、任務で戻ってきてないから……豊峯くんには悪くてね」

冬雪が説明を添える。

「でも、その人が来たらなんとかなるんですね？」

「まあ、術をかけた相手が分かれば、あとは交渉次第だ。子供相手にしたことだから、余程ねじ曲がった相手じゃなけりゃ『歌』は返してもらえるだろう……と思う」

陽炎はそう言ったが、珍しく断定しなかった。

「何か問題があるんですか？」

「術をかけた相手が分からない場合もあるし、交渉が決裂した場合、ちょっとな……」

「不確定要素が多いから、豊峯くんに変に期待も持たせられないし……」

陽炎と冬雪の言葉に、そういうことかと納得する。

「まあ、アタシたちがごちゃごちゃ考えてもしょうがないわよ。なんにもできないわけだしね。できることは、お祭りが成功するように頑張ることくらいかしら？」

少し重くなった空気を変えるように時雨が言う。

その時雨の言葉に、

「ああ、そうだ。祭り会場のレイアウトを考えてみたんだが、一応みんなに見てもらおうと思ってたんだ」

陽炎はそう言うと胸元から帳面——ノート、というよりは、帳面、という言葉がぴった

りの和綴《わと》じのものだ――を取り出し、

「店の並びは、おいおい考え直すつもりだが、一応はこんな感じでどうかと思うんだが意見を聞きたい」

そう言って広げられた、意外にも筆でかかれたレイアウト図を見た秀尚は、意見よりもむしろ突っ込みどころしかないと思った。

「……規模、でかくないです？」

館の前庭を使うようなのだが、子供たちの歌や踊りの発表の場となるステージはいいとして、近くには櫓が組まれ、上に和太鼓を載せるらしい。

約八尺と書いてあったから、二メートル半くらいの高さの櫓になるようだ。

そしてあちらこちらにある「出店」の文字。

「輪投げ、射的、くじ引き……」

「子供たちにも、遊びは必要だろう？　金魚すくいは殺生禁止だからないが、スーパーボールすくいをどうするか決めかねててな」

腕組みをし、真剣な顔をして陽炎は言う。

まあ、そこは秀尚はノータッチだから好きにすればいいと思うのだが、飲食の出店として、焼きそば、フランクフルト、アメリカンドッグ、タコ焼き、このあたりは前に話が出ていたので、まさか単一メニューの屋台になるとは思っていなかったが、

「ねえ、この『加ノ屋スペシャル屋台』ってなんなんですか？」

とりあえず、そこを突っ込む。

「お、気づいたな。これは、おまえさんが居酒屋で出してるメニューを小鉢にお試しサイズで出してもらえたらと思ってな。酒はいつもどおりこっちで用意する」

陽炎が嬉しそうに言う。

「……それにこの『わたあめ』って何？　俺、そんなの絶対無理ですからね？　専用の機械がないと作れないんですから」

次に引っかかったものを指摘すると、

「あ、わたあめの機械は俺が調達してくるよー」

手を上げたのは濱旭だ。

「え……、濱旭さんが？」

「うん。仕事でメンテに行ってる会社で、春と秋に社員サービスでちょっとしたパーティーっていうか家族向けイベントやってるとこがあってさ。そこで子供にわたあめ作って渡してたの思い出して、あの機械ってどこかでレンタルしてるんですかって聞いてみたら、会社で持ってるって言うから、貸してもらえませんかって聞いたんだ。そしたら、いいよーって言ってくれたから」

「じゃあ、濱旭さんがわたあめやるとして……イカ焼きとか、鶏から揚げとか……俺の体一つしかないんですけど?」

　フランクフルトやアメリカンドッグは、規定の時間、焼いたり揚げたりですむから、手伝うと言っていた時雨や冬雪、陽炎でも大丈夫だし、タコ焼きは多少調理が必要だが、生地の素を準備すれば、ひっくり返すのがうまい薄緋に頼めばいいだろう。

　だが、焼きそばは味の加減が必要だし、加ノ屋の屋台もあるなら、そっちにも行かなければならない。

　それにイカ焼き、鶏から揚げとなると絶対無理だ。

「俺に分身の術でも使えとか言います?」

　半笑いで聞く秀尚に、

「いやいや、いくら俺でも加ノ原殿にそんな無理は言わんぞ。実はな、手伝いを申し出る稲荷が多くて」

　陽炎はそう言ったが、意味が分からなかった。

「別宮に祭りの噂が流れたってのは、この前話しただろう?」

「ええ。独身女子稲荷が来るから、準備する料理の数を増やせって」

　具体的な数は聞いていなかったが、三十食から四十食くらい作ればいいかな、と思っていた。

　別宮の稲荷が何人いるか分からないが、二十四時間体制での勤務だと聞いていたから、そう多人数ではないだろうと勝手に思っていたのだ。

そして彼らは「お客様」だ。手伝う、というのがよく分からなかった。

「いやー、あれから本宮にも、あわいで祭りをやるって噂が流れてな。人手が足りんから多くは招けないって言ったんだが、どこでどうなったんだか『出店を手伝うなら行っていいらしい』って流れになってて……もう止めようがなくてな。さすがに無理だと言おうと思ったんだが、厨の稲荷も『手伝うなら行っていいと聞いたんですが』って言うもんだから……。それなら、まあなんとかなるか、と。あ、萩の尾殿は加ノ原殿直伝のナポリタンの店を出すぞ！」

本宮の厨で働く稲荷の萩の尾には、人界の料理を教えてくれと言われて、いろいろとレシピを教えたことがある。どうやら、ナポリタンが気に入ったようだ。

「厨のお稲荷さんたちが手伝ってくれるなら、俺、行かなくてもよくない？」

秀尚も料理人だが、厨の稲荷は秀尚よりも料理歴がはるかに長い。

萩の尾もすでに百年近いキャリアなのだ。

おそらく、そのクラスの稲荷が多く手伝いに来るのだろう。

それなら、自分がいなくても充分回りそうなものなのだが、

「いるよ！　みんな『人界の料理人が、祭りで料理をふるまうらしい』って噂を聞きつけて、そこを目当てにしてるっていうか、もちろん子供たちの出し物も期待されてるけどメ

インの目当てはそこなんだから」

冬雪が力説する。そしてさらに、

「おまえさんのこの居酒屋だって、今や、本宮じゃ口コミでちょっとずつ広まってて、知ってる稲荷は知ってるって感じだ。遠慮して、人界に移ってからはあんまり来ないが、あわいにいた頃は、他の稲荷も来たことがあっただろう?」

陽炎が言う。

「そういえば、そうですね」

初めてあわいに行った時、本宮の稲荷たちも萌芽の館の厨房居酒屋に来てくれていた。人界に来てからも何度か顔を出してくれたが、最近は滅多に来ない。

飽きたのかと思っていたが、どうやら遠慮していたようだ。

「そいつらからも、話が流れてて。おまえさん、気づいてないだろうが、普通に昼間にこの店に客として出入りしてる稲荷もいるんだぞ」

陽炎はそう続けた。

「え!　マジですか?」

あわいの地にいた頃に来てくれていた稲荷なら顔を知っているから分かるが、彼ら以外となると普通の人間と区別がつかなくて、全然気づいていなかった秀尚は驚く。

その秀尚に、時雨は自分の携帯電話を操作すると、秀尚のほうに画面を向けて差し出した。

「ちなみに、このブログ『ほっこりＣａｆｅ探訪記《たんぼうき》』を書いてるソラマメは、人界に下りてる稲荷の一人なのよ」

「え？　マジで？」

驚いたのは秀尚も同じだが、声に出したのは濱旭のほうが早かった。

「俺、そのブログ超知ってる！　えー、ソラマメさんって稲荷だったんだ。趣味が合うっていうか、近場だったり、遠くでも出張で行けそうなとこにあったら、できるだけ行くようにしてるんだけど、この人の紹介する店って、ホントにハズレないなーって、いっつも思ってたんだよね」

興奮気味に言う。

「確か、この店も紹介されてたよね？」

濱旭に言われて、秀尚は頷いた。

「はい。ブログで紹介させてもらいましたって連絡もらって……。俺も時々、そのブログは覗いてたんで、すごく嬉しかったんですけど……。まさか、お稲荷さんだったとは思いませんでした」

普通に客として来ていたので、秀尚はどの人が「ソラマメ」だったのかは知らなかったのだが、まさか稲荷だとは思わなかった。

「えー、誰だろ？　人界に任務で下りてるんだよね？　時雨殿は誰か知ってるの？」

濱旭は興奮冷めやらぬ様子で時雨に問う。

「直での面識はないけど、名前だけはね。まあ、誰かなって想像するのも楽しいものよ」

時雨はそう言って自分の口からはソラマメの正体を明かさない、と言外に告げる。

「うわー、気になる。気になるけど、うん……正体が分かんないほうが夢がある気はする」

濱旭は納得したように頷いた。

「そんなわけで、おまえさんのファンはこっちの世界にも意外と多い。だから、おまえさんが祭りに出店しないってのは、ナシだ」

陽炎はそう言い、冬雪と景仙も頷いた。

「食材関係は厨で準備できるものは一括で準備するし、あと、お祭り用に特別に加ノ原くんが準備してくれたものは、領収書をもらえたら後でこっちで精算するから」

「私も、できる限りお手伝いを」

そこまで言われては断れないというか、ここまで来て断るようなことはしないつもりだったが、

——確か『子供たちの可愛いお祭りごっこ』ですむはずじゃなかった？

お祭りの雰囲気を楽しませつつ、お遊戯《ゆうぎ》発表会、くらいのノリでいたのだ。

それが気づけば、わりと本格的な祭りになりつつある。

「えーっと、ちなみに、どのくらいの客数を予定してます?」

念のために聞いてみると、

「そうだな……今の時点で百少しくらいか?」

陽炎はそう言って、冬雪に確認を取る。

「うん、それくらいかな。まあ、当日までにもう少し増えそうだけど……。あ、料理が余ったりとかそういうのは心配しないで。みんなお土産に持って帰りたがると思うから」

「別宮でも勤務で来られないのを残念がる者も多いと、妻が話していました」

景仙も言う。

「はは……、そうなんですね」

もはや、秀尚は半笑いだ。

当日、どんな騒ぎになるのか、想像もつかない。

まあ、大人の稲荷たちが客だから、人界の祭りのように、ケンカが起きたりはしないだろうし、みんな大人の対応をしてくれるだろう。

——俺は、俺のできることをするだけ。うん。

秀尚は胸の内で呟いて、覚悟を決めた。

八

祭り当日は、あっという間にやってきた。

昼間にあわいの地に久しぶりにやってきた秀尚は、すっかりお祭り会場として様々なものが準備されている館の前の庭に、感動すら覚える。

「おお、加ノ原殿、来たか！」

まだ出店のテントを設営中らしく、作業着姿にヘルメットを被った陽炎が声をかけてきた。

「はい。お疲れ様です。これから、厨房で最後の下ごしらえをするんですけど、その前に出店の調理器具関係、確認させてもらっていいですか？」

「ああ、いいぞ。加ノ原殿のメイン屋台はここだ」

そう言って連れていかれたのは、奥に飲食スペースが設けられた大きなテントで、かなりの達筆で『加ノ屋あわい出張店』と書かれた看板が置かれていた。

「わ、すごい達筆！」

筆書きの文字を見て褒めると、

「俺もなかなかやるだろう？」

陽炎はそう言って、胸を張る。

「え、陽炎さんが書いたんですか？」

驚きに目を見開いて秀尚が問うと、

「そうだぞ？　意外だったか」

「まあ……はい」

「書も、たしなみの一つだからな」

陽炎はそう返し、中を見てくれ、と先にテントの中に入る。

「一応、言われたものは準備したが、コンロの位置の微調整はやってくれ」

「はい……あれ、ホースがない。カセットボンベ……？」

途中で燃料が切れた時のことを考えて、そのあたりを確認しようとしたのだが、

「おいおい、ここはあわいだぞ？　いつもどおり、竈《かまど》の神だ」

陽炎が笑って言い、確認すると、萌芽の館の厨と同じようにコンロの五徳《ごとく》の下に炭の塊が置かれていた。

手を叩いたり、声をかけたりすると、火加減を調節してくれるとても優秀な竈の神様なのだ。

「竈の神様って、簡易コンロにまで出張してくれるんですね……」

「丁重にお迎えすればばな。あと水は、隣のテントと共用になるが、こっちに井戸を作ったから、ここを使ってくれ」

さらりと言う陽炎に、

「井戸？」

秀尚は驚く。

しかも「作った」と言っていた。

「掘ったんですか？　それで、水が出た……？」

陽炎に案内されたそこには、確かに、手押しポンプのついた井戸が設置されていた。

「井戸の神に頼んで一時的にあわいの各所に井戸を頼んだんだ。飲める水だし、好きなだけ使っていいが、無駄使いはしないでくれよ」

さすがは、季節問わず各種の花が咲き乱れ、果実と作物が実るあわいの地だな、と秀尚は感心する。

もしかしたら本宮もそうなのかもしれないが、本宮には秀尚は行ったことがない。

――まあ、別に行く用事もないんだけど……。

あわいの地に来ること自体が、秀尚にとっては特別なことだ。

今は秀尚が来ても、あまりあわいの地に影響を及ぼさないと言われてはいるが、それでもあわいという不安定な地に「人間」である自分がたびたび来るのは、あまりいいことではないんじゃないかと思うのだ。

なので、そのさらに上というか、ハードルが高そうな本宮には、多分、一生行く機会はないだろうなと思う。

「問題はないかい？」

興味がないと言えば嘘になるが、現時点では物見遊山程度の興味だ。

出店に関しての不備を問われ、秀尚は頷く。

「そうですね。あとは実際に作業をしてみての微調整かなと思います」

「じゃあ、大きな変更はなしってことでいいかい？」

「はい。ありがとうございます。じゃあ、俺、館の厨房へ行ってきますね」

「ああ。出店、楽しみにしてるぞ」

そういう陽炎に、軽く笑って返し、秀尚は館の厨房へと向かった。

そこで届いていた食材の最後の下ごしらえをする。

とにかく百人以上来るというので、下ごしらえをする料理の数もかなりだ。当然、その量を一度に調理もできないし、料理の種類もいくつかあるので、半数以上の料理は館の冷蔵庫にしまっておいて、客の数を見ておいおいここに取りに戻って最終調理を現場で、という形を取ることにした。

「ゆきんこちゃん、これ、お願いできる？」

秀尚は館の冷蔵庫の扉を開け、中で食材を冷やしてくれているゆきんこ――本宮と契約している雪女のお嬢さんたちだ――に声をかける。

おかっぱ頭に、赤い絣《かすり》の着物、ミトン型の手袋に藁靴《わらぐつ》を履いた十センチほどの身長で、二頭身から三頭身くらいの可愛い子供たちが、冷蔵庫の一段に一人ずつ待機していて、中のものを冷やしてくれている。

コクコクと頷いて返事をするゆきんこに、お願いします、と言って冷蔵庫の扉を閉める。

昨夜のうちにすませてしまえる下ごしらえはしてきた。

「子供たちの舞台が四時からで、その三十分前くらいからお客さんが入り始めるって言ってたから……よし」

段取りを頭の中に入れ、秀尚は調理を始めた。


ドン、ドン、ドン、と櫓の上に設《しつら》えられた大きな和太鼓から、祭りの開始を告げる音が響く。

祭りの会場は、すでに多くの稲荷でいっぱいだった。

祭りだからか、お面を被っている稲荷も多いし、浴衣姿の稲荷も多い。

各出店からは様々な料理の匂いがしてきていて、食欲をそそることこの上ないが、集まった稲荷たちはまず、子供たちの発表を見ようと舞台前に集まっていた。

秀尚も、ある程度は作り溜めてあるので調理の手を一旦休めて、舞台前の広場へと急いだ。

ちょうど子供たちが出てきたところだったのだが、驚いたのは豊峯だ。

豊峯の周囲には打楽器を並べたセットが組まれていた。

後で聞いたところによると、豊峯にお願いをされて、陽炎と冬雪、景仙の三人が、あわいの地に生えている竹を切ってきて作ってくれたらしい。

大・中・小の太鼓が三つに、下げられたトライアングルが二つ、カスタネットも台の上に置いてある。

まずは歌からのようだが、一列に並んだ両端にいる狐姿の経寿と稀永の前にも、なぜか小太鼓があった。

『では、これより、萌芽の館の子供たちによる奉納歌曲をお届けします』

司会役の稲荷の言葉を、ステージの両端に二羽ずついるオウムが、スピーカーの役目を果たしているらしく、会場中に響く声で伝える。

そのアナウンスに拍手が湧き起こり、それが鳴りやんだタイミングで歌鶯が伴奏を始める。

左右にスイングしたり、前後に交互に一歩ずつ踏み出したりする小さな動きつきで歌う子供たちの愛らしさと、絶妙なタイミングで打楽器を重ねてくる豊峯の演奏に、あちらこちらから、「可愛い」「打楽器の子、すごいね」と感想が漏れるのを聞き、秀尚は自分のことのように嬉しくなる。

そして、ところどころで経寿と稀永も前脚でタイミングよく目の前の太鼓をぽんぽこ鳴らし、それもまた可愛らしく、観客はほっこりした気分で鑑賞する。

歌が終わると拍手喝采《かっさい》で、それに豊峯も、他の子供たちも満足そうに笑っていた。

次の踊りが始まると、稲荷たちからはもう「可愛い」という言葉以外は聞かれなくなり、人界に下りている稲荷も遊びに来ている様子で、携帯電話で動画を撮影している者も多くいた。

時雨と濱旭は、

『動画ってどうしても自分の声が入っちゃうじゃない？　もう絶対、可愛い、しか言えなくなるの分かってたから、事前にステージの上に自分の携帯電話を置いて撮影したわ』

『時雨殿とポジション違いで撮影してたから、あとで二人のデータを合わせて編集したベスト盤作るね！』

と嬉しそうに言っていた。

歌と踊り合わせて四つの演目が終わり、子供たちが整列をして、頭を下げて終わりの挨

拶をする。すると再び大きな拍手が湧き起こり、どこからともなく、

「アンコール！」

「アンコール！」

と声がかかった。

それに子供たちは戸惑った顔をしていたが、陽炎がステージ下から子供たちに何か指示を出し、少しすると、歌鶯が意外な歌を歌い出した。

『モンスーン体操、はじまるよ！』

子供たちが大好きな人界のアニメ『魔法少年モンスーン』で夏休みの間、期間限定でエンディングに流れる体操の歌だった。

子供たちが踊れるのは、秀尚も知っていた。

だが驚いたのは、ステージ下の稲荷の相当数も踊れる、ということだった。

後で聞くと、別宮でも本宮でも、デスクワークが多いらしく、休憩時間に軽く体を動かしたほうがいいということで導入されたというか、稲荷の誰かの子供が踊った映像が出回って、それで覚えた稲荷が多いらしい。

アンコールのモンスーン体操が終わると、子供たちの出番は終わり、秀尚たちは急いで自分の出店に戻る。

少しすると、舞台を下りた子供たちが一目散《いちもくさん》に出店に駆け寄ってきた。

「ふらんくふるると、ください！」

「ぼくも！　ぼくも！」

「ぼくは、あめりかんどっぐ！」

真っ先に冬雪が担当している肉系の出店に群《むら》がり、そこで一息ついてから、様々な出店巡りを始める。

陽炎はひたすら焼きそばを焼き——秀尚が特製ソースを調合し、つきっきりで教え込んだ——、濱旭は予定どおりにわたあめ、時雨はリンゴ飴とイチゴ飴を販売し、薄緋はフライドポテトを揚げている。

当初、薄緋にはタコ焼きを頼む予定だったのだが、作業工程を聞くなり「面倒なので嫌です」とあっさり断られ、それなら、規定の時間揚げて塩を振るだけのフライドポテトならどうかと打診したところ応じてくれたのだ。

ちなみに、薄緋に断られたタコ焼きは、厨の稲荷が作ってくれている。

時雨に至っては突如《とつじょ》として「アタシ、イチゴ飴とリンゴ飴を売りたいわ！」と祭りの三日前に言い出した破天荒《はてんこう》っぷりだが、フランクフルトとアメリカンドッグを冬雪が同時に切り盛りすると言ったので、時雨はそのままイチゴ飴とリンゴ飴の出店をすることになった。

「はい、そこの可愛いお嬢さん、赤ーい甘ーい、リンゴ飴はいかが？」

どこぞの魔女のように、時雨は十重と二十重にリンゴ飴を差し出す。それを十重と二十重はキャッキャしながら受け取っていた。

その中、豊峯が浅葱と萌黄、寿々と一緒に秀尚の出店にやってきた。

「かのさん、かのさん！　みてくれた？」

笑顔で聞いてくるのに、秀尚は頷いた。

「もちろん！　みんな、豊の打楽器褒めてたよ。カスタネットもできるようになってたね、すごいよ」

そう言ってやると、豊峯はえへへー、と笑い、

「あさぎちゃんと、もえぎちゃんが、れんしゅういっしょにしてくれたの！　だからできるようになった」

「とよ、すごくがんばったんだよ」

「だから、です」

浅葱と萌黄は豊峯の努力の結果だと告げる。

――いい関係だよなぁ……。

しみじみ思った秀尚は、

「三人とも、これはご褒美」

そう言って、作りたてのベーコン巻きのチーズとアスパラの串を渡してやる。

「わぁ！　やった！」

「かのさん、うしろのつくえでたべてもいいですか？」

すでに他の店でもいろいろな品物をもらってきた——今日の出店の料理はみんな無料というか、大人稲荷たちからは協賛金を集めたらしいが、子供たちは完全無料だ——様子で、両手に既にいくつもの袋を下げていた。

「いいぞ、ゆっくり食べていって」

すでに大人稲荷が数名、酒を飲んで和やかに話をしているが、空いている席はまだまだある。

そのうち、店番を誰かと交代したらしく、冬雪が女子稲荷たちをエスコートして案内をして回っているのが見えた。

——冬雪さん、頑張って。

心の中で密かにエールを送っていると、景仙が、以前一度だけ水晶玉越しに見たことのある奥さんの香耀を連れてやってきた。

「加ノ原殿、今、少しよろしいですか」

景仙の言葉に、秀尚は料理の手を止める。

「はい、どうぞ」

「以前から、お世話になっておりますが、妻の香耀です」

「はじめまして。いつも、景《けい》ちゃんがお邪魔しています。その節はおいしいお料理をありがとうございました」

にこりと笑顔で言う香耀は、やはり可憐で愛らしく、本当に無敵な少女漫画のヒロインだなと思いつつ、

「こちらこそ、いつぞやはおいしい鮭《さけ》と、あと、結ちゃん……餓鬼のためのチョーカーをありがとうございました。おかげさまで、無事、餓鬼を卒業しました」

秀尚も頭を下げ、礼を言う。餓鬼騒動が起きた時、子供たちに害を及ぼさないために呪符を練り込んだ首輪の作成を別宮勤務の香耀をはじめとする女子稲荷たちに頼んだことがあるのだ。その際、景仙経由で香耀から手伝う見返りとして女子会用の御重を作ってほしいと頼まれ、秀尚が料理を用意したことがあった。

「あの時の女子会のお料理は、今でもみんなの間で話題になるんですよ。だから、今日、お祭りでまたお料理が食べられるって聞いて嬉しくて。本当は別宮の長も参加したいとおっしゃっていたのですけれど、九尾がこの地に入ることはできないので残念がっておいで".replace("","")でした」

香耀の言葉に秀尚は、本宮の長である白狐が九尾だというのは知っていたが、それ以外にも九尾がいるということを初めて知った。

そして、九尾の力はすさまじく、神の世界と人の世界の「あわい」という不安定な場所

にあるこの地に、九尾を招くにはかなりの準備が必要だと、以前聞いたことがあるのを思い出した。

「じゃあ、別宮の長の方に、お土産というか…そんな大したものはないいんですけど、詰めておきますね」

秀尚が言うと、

「いえ、そんな、催促をしたつもりでは……」

香耀は慌てた様子で頭と手を左右に振る。そんな仕草も、狙っている要素がなくただただ可愛いので、美人ってすごいな、と秀尚は思う。

「気にしていただくほどの料理じゃないんで……。今日、作ってある料理を詰めるだけですから」

秀尚が言うと、香耀は判断を仰《あお》ぐように景仙を見た。

「景ちゃん、いいの？」

「お言葉に甘えておきなさい。加ノ原殿、ありがとうございます」

景仙が言うのに、香耀も「ありがとうございます」と返してくる。

その時、

「けいぜんさま、けいぜんさま。そのひと、けいぜんさまのおよめさんですか？」

秀尚が景仙と話しているのに気づいたのだろう。

イス席でもらってきたものを食べていた浅葱、萌黄、豊峯の三人がやってきて聞いた。

「ああ、そうだよ」

景仙が答えると、香耀は少し膝を折り、

「はじめまして、香耀と申します」

優しく微笑んで、名乗る。

「けいぜんさまのおよめさん、きれい！」

「すごくきれい！」

浅葱と豊峯が直球で褒める。そして萌黄も頷きつつ、

「はじめまして、もえぎです。このこは、すーちゃんです」

自己紹介をし、寿々のことも紹介する。

「はじめまして、萌黄ちゃん。すーちゃん、抱っこさせてもらっていいかしら？」

香耀が言うのに、萌黄は頷く。香耀はスリングごと寿々を抱き上げると、

「ちいさーい、かわいいー！」

キュンキュンした声を上げて寿々をあやし始める。そこに、

「馴染みのある声が聞こえると思ったら、香耀殿」

そう言って近づいてきたのは、前に赤子に戻った寿々の月齢や食べられるものを問うために別宮に連絡を取った時、返事をしてくれた女稲荷だった。

才女という言葉がぴったりくる稲荷で、出店でいろいろもらってきたらしく片方の腕にいくつもの袋がぶら下がり、そしてもう片方の手には一升瓶が入っているらしい風呂敷包みがあった。

「流苑《りゅうえん》殿、見てくださいい、すごく小さくて可愛くて」

「ああ、赤ちゃんに戻っちゃったっていうあの子ね。あら、ちょっと大きくなってるわね。うちの子にもこんな時期があったの思い出すわ……」

流苑は香耀に抱かれた寿々の頭をちょいちょいと撫でてから、秀尚を見た。

「人界の、料理人さん？」

「そうです、はじめまして」

「はじめまして、別宮の流苑と申します。女子会の御重……絶品でした。毎晩のようにお店に通ってる景仙殿たちが羨ましくて」

「過分に褒められてる気がして、むずがゆいですけど、ありがとうございます」

秀尚が返すと、流苑はふっと微笑んだ後、ぽかんと口を開いて流苑を見ている三人の子供に気づき、

「さっきの舞台、見てましたよ。みんなとても上手でした」

完全にしゃがみ込んで子供たちと視線を合わせ、三人の頭を撫でる。

「「「ありがとうございます！」」」

普段交流のない女子稲荷――それもかなりの美女だ――に褒められ、三人は照れた様子でお礼を言う。それに流苑は満足そうに笑みを浮かべると立ち上がり、

「奥に飲食できる場所があるって聞いたんだけど、持ち込みもいいのかしら？」

秀尚に聞いてきた。

「あ、どうぞ」

秀尚が答えると、

「ぼくたちも、たべてたの！」

「いっしょにたべませんか？」

浅葱と豊峯がナチュラルに誘う。

「あら、誘われちゃった。もちろん、喜んで。香耀殿、景仙殿も一緒にどう？　いろいろもらってきてるし」

流苑が誘うと二人も頷き、みんなで店の奥に向かう。無論、その際に作り置きして並べておいた料理をいろいろ持っていったが。

舞台のほうからは、また何か出し物が始まったのか、にぎやかな曲が流れ始め、櫓の太鼓の演奏も始まった。

時間が経つに連れて訪れる稲荷の数も増えているようで、どの店も盛況で、秀尚の店も無料でのふるまいとはいえ、大繁盛だ。

「噂で聞いて楽しみにしてたが、うまかった。特に豆腐を豚肉で巻いた甘辛い醤油味のあれが気に入った」

初めて会う稲荷が店を出る時に声をかけてくれる。

「ありがとうございます。お口に合ったなら何よりです」

「機会があったら、人界の店にも顔を出してもいいか？　無論、昼間に客として行かせてもらうつもりだが」

「喜んで、お待ちしてます」

秀尚がそう言うと、その稲荷は軽く手を振り、別の出店を見に行った。

気軽に声をかけてくれる稲荷は多く、中には「店に行ったことあるんですよ」と言う稲荷もわりといた。

人の姿でやってくるので、秀尚はまったく気づいていなかったが、陽炎が言っていたとおり、ちらほらと稲荷たちも来てくれているらしい。

「さて、鍋が空になったから、こっちのを載せ換えて……」

空になった鍋を下ろし、作り置きしてあった料理の鍋をコンロに載せ換えていると、向こうのほうから、陽炎が豪奢な金髪に上半分だけの狐面をつけた稲荷と一緒に来るのが見えた。

背中の中ほどまでの長さの金髪だが、男であることはその肩幅や、陽炎よりもやや高い身長で分かった。

「加ノ原殿、盛況だな」

陽炎が奥の飲食スペースを見て言う。

「おかげさまで。ちょっと前に机二つ、足してもらったんですよ」

「言っただろ？　おまえさんの料理を楽しみにしてる連中が多いって」

陽炎はそう言った後、

「ところで、豊峯を見かけなかったか？」

そう聞いてきた。

「あ、いますよ、奥に」

豊峯と浅葱、萌黄の三人は、ここの飲食スペースを拠点に、いろいろな出店に行っては戻ってきている。ちなみに寿々は、宴会を始めている流苑の許に入れ替わり立ち替わりやってくる別宮の女子稲荷がその可愛さを交代で抱いて愛《め》でて世話をしてくれていた。ついでに、最初に寿々を抱いていた香耀は、景仙と一緒に少し前にデートに出ていった。

「ん？　あ、いたいた。豊峯、ちょっと、ちょっと」

陽炎は手招きで豊峯を呼び寄せる。

豊峯はイスから下りて、ちょこちょこっと走り寄ってきた。

「かぎろいさま、なんですか？」

「豊峯の『歌』のことなんだが、ちょっとこっちの稲荷に見てもらおうと思ってな」

陽炎が言うと、その稲荷はやたら紳士的に片膝を折り、豊峯と視線を合わせた。

「事情は聞いてる。俺にできるかどうか分からないが、少しいいか？」

その言葉に豊峯は頷く。

おそらく彼が、みんなが言っていた「専門職」の稲荷なのだろう。

豊峯はあれきり、歌のことは何も言わなかったが、また歌えるようになるのなら嬉しいはずだ。

そう思う反面、もし、もう二度と歌えないというような結果が出たらと思う。

稲荷は豊峯の額に手を押し当てると、数秒で、ありがとう、と言って手を離した。

「期限つきの呪いではないな。……とりあえず、先方に連絡を送った」

そして、秀尚の店の横の少し空いたスペースを指差した。

「そこ、空いてるか」

「あ、はい」

「少し借りるぞ」

そう言うと着ている着物――と言っていいのだろうか？　着物や作務衣《さむえ》のような感じの服だが、袖周りはすぼまっていて、下はタック入りのパンツのように見えるが、テーパードタイプのパンツのように裾はすっきりしている。色はどちらも黒だが、上に着ている服は、地模様や袖口などに金色で刺繍があった――の合わせから一本の棒のようなものを取り出すと、地面に円陣のようなものを描く。

「これでいいだろう。……これは、食べていいのか」

作業を終えると、ご自由にお持ちください、的に置いてある料理の載った皿を指差した。

「あ、はい、好きなものを好きなように」

「この店の料理はうまいぞ」

陽炎が言うのに、黒ずくめだが、その髪色のせいなのかやたらとキラキラして見える稲荷は出ている料理を一通り手に取ると、陽炎、豊峯と一緒に奥の飲食スペースに向かった。

それから、三十分ほどしただろうか。

さっき、黒ずくめの稲荷が円陣を描いていた場所に、妙な気配があった。

普通の人間である秀尚が気づくような異変に、そのあたりに居合わせた稲荷が気づかないわけがなく、周囲がざわつく。

「おおっと、おいでになったようだ」

陽炎がさっきの黒ずくめ稲荷と、豊峯を連れて店の外に出る。その後を心配そうに浅葱と萌黄もついていった。

店の外に出た黒ずくめ稲荷は、

「先程、使いを送った者だ」

そう呼びかけた。

その声に、店の横に描かれた円陣のあたりから成人男子と子供が店の前の通りへと出てきて姿を見せた。子供は館の豊峯たちと似たくらいの年周りに見えた。

その二人にも陽炎たちと同じように耳と尻尾があるが、形が微妙に違う。

——あの感じって……。

秀尚が思った時、

「これはこれは、狸《たぬき》の神使殿だったか」

陽炎が驚いたように言い、

——そうだ！　あの色といい、形といい、狸だ！

秀尚は納得する。

とはいえ、その耳と尻尾を有する二人は、狸でイメージするような、ちょっとぽっちゃりというような印象ではなく、子供は子供らしい様子だが館の子供たちと大して変わらないし、大人のほうもすっきりとスタイリッシュな雰囲気である。

その狸の子供は陽炎の隣に立っている豊峯を見ると、走り寄った。

「ぼくのつづみ、かえしてください！」

そう言ったその声は、豊峯そっくりだった。

——え……今の、豊が喋ったんじゃなかったよな？　どういうことだ？

意味が分からず秀尚はなりゆきを見守る。

だが、豊峯も意味が分からない様子で困惑した顔をしていた。

「落ち着きなさい。私から説明を」

そう言ったのは大人の狸のほうだ。

夢の中で豊峯と出会い、仔狸《こだぬき》が持っていた小鼓と豊峯の声を交換したらしい。一日だけ、明日返す、という約束だったのに、豊峯はいつになっても来ないし、探すにも、どこの誰かも分からなくて困っていたというのだ。

「合わせ鏡はどこと繋がるか分からないからしてはいけないと言っていたのに……好奇心でやってしまい、そのことを叱られると思って、なかなか相談もできなかったようです。ただ、小鼓のことを聞かれて隠しきれなくなり、話してくれたおかげでやっとこちらでも起きたことを把握できたのですが、打つ手がなく……先程ご連絡をいただけて助かりました」

礼儀正しく大人狸は言う。

そこまで言われて豊峯は夢のことを思い出したらしい。

「いっしょにおうた、うたった……？」

「うん！　ぼくのつづみと、きみのおうたをこうかんしたでしょう？　おうた、かえすから、ぼくのつづみもかえして？」

仔狸に言われ、豊峯は真っ青になった。

「どうしよう……つづみ、どこかいっちゃった！」

声が出なくなったあの日、起きた時にはもう夢のことはさっぱり綺麗に忘れていた。

交換した小鼓があれば思い出したかもしれないが、その小鼓自体、朝にはなかったような気がする。

豊峯の言葉に、仔狸も青くなる。

「……どうしよう、こうかんだったから、つづみがなかったら、おうたもかえしてあげられない……」

子供二人は泣き出しそうな顔をしているし、陽炎は頭を抱え、黒ずくめ稲荷も『あー……』といった様子、そして大人狸も困惑した顔をしていた。

その中、異様な気配に気づいて近くに来ていたらしい薄緋が、

「そういえば、見たことのない鼓を見た気が……。このくらいの大きさのものですか？」

と、手でサイズを示して仔狸に確認を取る。

「はい！　そのくらいのおおきさです」

「では、おそらく、あれではないかと思うのですが……。少し待っていてください、取ってきますから」

薄緋はそう言うと館へと戻っていった。そして十分ほどして、手にした小鼓を仔狸に見

せた。

「この鼓ですか？」

「はい！　これです！　ありがとうございます」

礼を言い、仔狸は小鼓を受け取ると、豊峯を見た。

「じゃあ、おうた、かえすね。すごくきれいなこえでいっぱいうたえて、たのしかった。ありがとう」

仔狸は豊峯の手を握り、額と額を合わせる。

「はい、おわり」

そう伝えた声は、豊峯そっくりだったさっきの声とは、別のものだった。

「もう、うたえるの……？」

半信半疑といった様子で豊峯が問うと、仔狸は頷く。それに、

「とよ、なにかうたってみて！」

「うたってください」

ずっと見守っていた浅葱と萌黄が言う。豊峯はまだどこか不安な様子だったが、

「♪あおいそらーにとびだそう……、！　うたえた！」

戻ってきた「歌」に豊峯は飛び跳ねて喜び、浅葱と萌黄も、

「うたえた！」

「うたえました！」

同じように飛び跳ねて喜ぶ。

その様子に、

「そういうことなら、もう一度みんなで歌おうか」

陽炎が言う。

「うん！」

豊峯は頷いた後、仔狸を見た。

「いっしょにいこ？　それで、つづみたたいて」

豊峯の誘いに仔狸は頷きかけて、慌てて大人狸を見る。

「行ってきなさい」

そう言われて、仔狸は豊峯と手を繋ぎ、他の子供たちや陽炎と共に舞台のある広場へと向かっていく。

「さて、俺の仕事は終わりだ。飲むか」

黒ずくめ稲荷はそう言うと、でき上がって並べてある料理をまたいくつか取って——どうやら肉が好きらしく、高野豆腐の豚肉巻きを二つと、ビーフシチュー風煮込みを持っていった。

「お祭りですし、せっかくおいでくださったのですから、楽しまれてください。とりあえず、子供たちを見に行きませんか」

薄緋が大人狸に声をかけ、一緒に舞台のほうへと歩いていく。

しばらくして、子供たちがもう一度歌う旨がアナウンスされ、秀尚は料理をしながら出店会場にも設置されているオウムスピーカーで、歌を聞いた。

そこにはっきりと混ざっている豊峯の声に、

――よかったな、豊峯……。

心の底からそう思い、歌にうまく合わせて響いてくる小鼓の小気味よい音に、何となく楽しい気持ちになった。

その後も祭りは続き、大人狸が櫓の上の太鼓で見事な演奏を始めると、祭りに演奏を添えていた本宮の楽団が即興で合わせたり、それに合わせて踊り出す者もいて、本当のお祭り騒ぎになった。

歌い終えた子供たちも、また出店を回り始め、豊峯はあの仔狸と浅葱、萌黄の四人でわたあめとイチゴ飴を手に楽しそうにいろんな店を覗く。その中、

「祭りはまだまだこれからだぞー！」

陽炎の声がオウムスピーカーを通じて流れてきて、盛況な祭りは、まだまだここから加速するのだった。

九

豊峯の声も無事に戻り、祭りの盛況っぷりを参加した稲荷から後から聞いた他の稲荷たちに、「俺たちも行きたかった」「次回はもっと早めに広く告知を」と次の開催を望まれるくらいだったらしい。

秀尚は事前準備が大変だったものの、食材はすべて稲荷側で持ってくれたたし、当日の働きが完全ボランティアだったとはいえ、本宮の厨稲荷たちが出す料理も食べられたし、久しぶりに祭りの雰囲気も楽しめたので、あれはあれで楽しい経験だったなと思っている。

そして、何より「女子稲荷が来る」といろいろ励んでいた独身常連稲荷たちは、祭り当日、みんな独身女子稲荷をエスコートして祭りを楽しんでいたし、連絡先の交換もした、と言って喜んでいた……のだが。

「春は、遠いな……」

「そうだね、今、夏だしね」

「むしろ最近、冬の次、もうすぐに夏って感じじゃない？」

「うん……あっても、一瞬で、駆け足で逃げてくよね、春……」
独身稲荷四人は、全員揃って浮かない表情で酒を飲んでいた。
問いたくはないが、こうもあからさまに落ち込まれると、聞かないほうが不自然で、秀尚は「どうしたんですか？」と聞いてみた。
そして分かったことは、四人とも、祭りの夜にいいなと思った女子稲荷から「ごめんなさい」をされたらしいのだ。
「今は仕事に専念したいんです、なんて、文句を言えない断りだよね」（冬雪）
「また、みんなでお祭りに行きたいですって、なんで複数形だよ」（陽炎）
「人界のお話、楽しかったです。お仕事頑張ってくださいねって……要するに、次はないってことだよね」（濱旭）
「今度、女子会しませんか？　ってアタシは女子じゃないわよ！」（時雨）
という、惨憺《さんたん》たる結果だったらしい。
重いオーラを放つ四人を察してか、唯一の妻帯者の景仙は、今夜は欠席だが、きっと八つ当たり回避のためだろう。
――荷が重いけど……とりあえず、テンション上げてもらうか……。
「明日は土曜で、時雨さんも濱旭さんも会社お休みですし、久しぶりにニンニク強めの料理いっちゃいますか？　ガーリックシュリンプとか！」

秀尚が少し明るめの声で言うと、

「いいねぇ！　オニオンフライもいこう、ガーリックソルト添えで！」

「シメはガーリックチャーハンね！　あ、タコ焼き機でアヒージョやりましょうよ！」

陽炎と時雨が言い、

「あ、じゃあ俺、タコ焼き機取ってくる。倉庫だよね」

「アヒージョが出るなら、泡系欲しいよね。ちょっと、急いで買ってくるよ！」

濱旭は倉庫へ向かい、そして冬雪は急いでスパークリングワインを買いに出かける準備を始める。

やけ酒テンションマックスになるんだろうな、と思いつつ、秀尚は、とりあえず尋常じゃない量のニンニクを準備し、刻み始めるのだった。

おわり

番外編①

結ちゃんのお仕事

一

秀尚《ひでひさ》は毎朝、五時半に起きる。

眠るのが十二時過ぎぐらいなので五時間ほどの睡眠だ。

それは、健康的な生活には多少短いのかもしれない。

しかし、ホテルにいた頃のようにシフトによって眠る時間がまちまちではなく、決まった時間に寝て起きる生活で、生活リズムができ上がっているので、今のところ問題はない。

今日も秀尚はいつもと同じ五時半に目を覚ましたのだが、起きると布団の脇に小さな子供の手と正座する足が見えた。

「ん……?」

今日は水曜。

加ノ屋《かのや》の定休日なので、あわいから子供たちが来る日ではあるが、時間が早い。

冬ならまだ真っ暗だが、今は夏。

カーテンを引いていない窓から入る光で、部屋の中はほんのりと明るい。

寝ぼけ眼《まなこ》を何度か瞬かせて、秀尚はそれが誰か認識した。

「結《ゆい》ちゃん……おはよう」

それは元餓鬼《がき》の結だ。

普段どこにいて、どんなふうに過ごしているのかは知らないが、何かが食べたくなるとふらりとやってきて、食事を所望してくる。

結は秀尚にぺこりと頭を下げる。

あまり、お喋りが得意ではない——語彙《ごい》が極端に少ないのだ——ので、それが結の挨拶代わりだ。

「お腹空いちゃった？」

秀尚が布団から体を起こしながら問うと、結はこくこく頷いた。

「俺が起きるの待ってくれてたんだ？」

また、頷く。

起こさないで待つ、という優しさにちょっと嬉しくなる。

秀尚は結の頭を撫でると、

「じゃあ、一緒に朝飯食べよう。何か食べたいものある？」

秀尚が問うと、結は隣に置いていたお絵かき帳を開いた。

そこに描かれていたのは、お椀に入った白いご飯と出汁巻き卵、わかめと豆腐の味噌汁、それに味付けのりと漬物という、シンプルな朝ご飯の絵だった。
三、四歳に見える結だが、絵を描くのがものすごくうまい。
今の絵にしても、おそらく秀尚が起きるのを待つ間に描いていたのだろうが、鉛筆だけで描かれているのに、色がつけられているかのように感じられるほどで、完全にプロのデッサンの域である。

「よーし、じゃあ、顔洗って着替えて、下へ行くか！」

秀尚は立ち上がると、まず洗面をすませ、そしてぱっぱと着替えて、結と一緒に一階の厨房に下りた。

休みの日でも五時半に起きるのは、あわいの地の子供たちの朝食作りがあるからだ。

結のリクエストが「ザ・朝ご飯」だったので、今日はあわいの地の子供たちにも同じメニューを出すことにした。

冷蔵庫から卵を取り出しボウルに割っていく。そして攪拌して出汁を合わせていき、目の細かいざるで漉《こ》して卵液の完成だ。

それを順に何本か焼いて、巻き簾《す》で形を整える。

結はその様子を配膳台近くに置いたイスに座って見ながら、じっとご飯のでき上がりを待っている。

「結ちゃん、味見」

秀尚は形を整えた出汁巻き卵の端を切り落としたものを、箸でつまんで結に差し出す。

結はそれを自分の指でつまみ直すと、口に運んだ。

そして、両手で頬を押さえて、ほわわーんという効果音が出そうな様子で目を細めて微笑む。

「おいしかった？」

問うと、結はご機嫌そうに頷く。

結は話すのも苦手なら、喜怒哀楽を表情に表すことも苦手というか、あまりしない。

餓鬼だった頃はよく、シャーシャーと猫のように威嚇してきたのだが、途中からそれもなくなった。

それでもおいしいものを食べた時は、こんなふうにほのかに笑う。

「もうちょっと待ってて、すぐにお味噌汁も作るから」

出汁巻きを半分ほど焼いたところで、秀尚は味噌汁を作り始める。

作り置いてある出汁を温めながら、わかめを戻し、豆腐を切っておく。

そして残りの出汁巻きを作りながら、出汁が温まったらわかめと豆腐を入れ、一度温度が下がった出汁の温度が再び上がるのを待って、ある程度温まったら、味噌を入れて、味噌汁はそれででき上がりだ。

出汁巻きも本数が揃ったので、両端を全部切り落とし、人数分に切り分けバットに順に並べていく。

そして、漬物を切って大皿に載せ、炊き上がっている米をおひつに入れ、味噌汁は自分と結の分を小鍋に取り分け、残りは大きな鍋のまま、最後に個包装の味付けのりを人数分準備して、すべてを配膳台に一度置くと、送り紐でそれらを囲う。

「朝ご飯の準備できました。配達お願いします」

特に必要はないのだろうが、一応、手を合わせて祈る。

程なく、準備したご飯はふっと、姿を消した。

「配達無事完了っと」

秀尚は紐を丸めてまとめ、皿の上に自分と結の朝ご飯——秀尚の出汁巻きは、切り落しの部分だ——を体裁よく盛りつけていく。

「結ちゃん、お待たせ。どこで食べる？　ここで食べる？　お店のほうで食べる？」

聞くと結は両手を合わせて配膳台を軽く叩いた。

ここで食べるようだ。

「はい、じゃあ、これ結ちゃんの」

秀尚は結の分の皿を前に置いてやり、それから自分のイスを用意して座ると、手を合わせる。

「いただきます」

結も言葉にはしないが手を合わせるのだけはやって、それから食べ始める。

結の箸も、子供たちと同じく、大人稲荷の濱旭《はまあさひ》が買ってきてくれた名前入りの箸だ。持ち方がぎこちないが、やはり自分専用の箸は嬉しいらしくて、一生懸命食べている。

結がどうして餓鬼になったのか、餓鬼になる前はどんな暮らしをしていたのか、そういったことは一切分からない。

ただ、お腹を空かせて死んで、それが元で餓鬼になってしまったのだとしたら、結が生きていた時代はそういうことが珍しくなかったのだとしても、今だけでもどうにかしてやりたいと思ったのだ。

その結果——というか、おそらく、あわいという地にいたことや、周りが稲荷と稲荷の候補生ばかりという環境が大きく作用したのだと思うが、結は餓鬼になった未練や執着を捨て、無事に昇天したのだ。

昇天してそれで終わり——のはずだったのだ。

なのに、こうして時々、加ノ屋にやってきて、ご飯やおやつをおねだりする。

とはいえ、陽炎によると「成仏しているし、なんの害もない」らしいし、元餓鬼の威力らしく、結が来ていると「飲み物だけ」のつもりで店に来た客も「なぜか小腹が空いた」ような気になり軽食を注文してくれるので、加ノ屋的には客単価が上がって、喜ばしい事態にはなっている。

それに、なんといっても、ここにやってくるようになった理由が「あわいで食べさせていたご飯がおいしかったから」というものらしいし、知らない相手ではないわけなので、こうして結が来るたびに何かを作って食べさせてやっている。

「あ、結ちゃん。今日、館からみんなが遊びに来るよ。みんなが来るの待ってる？　それとも帰っちゃう？」

「……ま……、つ……」

「分かった。じゃあ、お昼ご飯とおやつと、お夕飯、結ちゃんの分も準備するね。お昼はおうどんだけど」

秀尚が言うと、結は「おぅど、ん……」と呟いて、やはりほわんと微笑む。

その様子に、可愛いなあ、と秀尚は思うのだった。

◆◇◆

あわいの地にある「萌芽《ほうが》の館《やかた》」に暮らしている、稲荷候補生の子供たちがやってきたのは十時過ぎのことだ。

「かのさーん、きましたー」

「きましたー」

萌芽の館の子供部屋と繋がっている、秀尚の部屋の押し入れの襖から、子供たちがわらわらとなだれ込んでくる。

「はい、いらっしゃい」

秀尚が迎え入れると、すぐに机に向かってお絵かきをしている結に気づいたようだ。

「あ、ゆいちゃんがきてる！」

「ゆいちゃん、ひさしぶり！」

元気印の子供たちが、久しぶりに会う——子供たちの来る日と被ることが少ないというだけで、結はわりと加ノ屋に来ている——結の周りに群《むら》がって声をかける。

もともと大人しい性格なのか、結は子供たちの元気に押され気味な様子だが、とりあえず見守る。

一通りの挨拶が終わると、子供たちはそれぞれに自分の目当ての遊びをし始め、結と同じ机にはお絵かき組の十重《とえ》と二十重《はたえ》、そして萌黄《もえぎ》が残り、他の子供は積木組、電車のレールを作る組に分かれた。

とりあえず三組に分かれながら、一人ずつがお気に入りの絵本を持ってきて、秀尚に読んで、とやってくる。

それが子供たちが加ノ屋に来た時のいつもの過ごし方だ。

「かのさん、このえほん、よんで」

今日のトップバッターは殊尋《ことひろ》だった。

「裸の王様かぁ……、よし」

秀尚は殊尋を胡坐をかいた足の間に座らせて、絵本を広げる。

子供たちは、まだまだ親元でぬくぬくと甘やかされて育っていていい年頃なのだが、稲荷としての能力を持って生まれると、他の狐とは育つ速度も、育ち方も違ってしまう。

住んでいる近くに、子供を預かることができる稲荷がいる場合は、その保護の許で育つらしいが、そうではない場合、あわいの地にある萌芽の館に引き取られるらしいのだ。

そのせいか、子供たちは大人がいるとその周りに群がる傾向が強い。

秀尚があわいの地で過ごしていた時は、布団の中に子供たちが入り込んでいることが多かったというか、ほぼ毎晩のように入り込まれていた。

おそらく無意識に、大人の側にいようとするのだろう。

そう思うと無下にできないというか、そんなふうにするつもりもないが、自分でいいのなら側についていてやりたいと思うのだ。

「ゆいちゃん、こんどはあいすくりーむかいて！　さくらんぼののってるの！」

秀尚が絵本を読んでやっていると、二十重が結に絵のリクエストをしているのが聞こえた。

「あぃ、す……？」

結は言葉を喋るのも苦手だが、覚えるのも苦手だ。

アイスクリームと言われても、どんな食べ物かがよく分からないらしい。

「つめたくて、あまくて、おいしいの。えっとね、こんなの」

二十重が説明ついでに、自分のお絵かき帳にアイスクリームの絵を描く。

白い画用紙に白いクレヨンで大きめの丸を描き、その上に赤い小さな丸を描いて、ついでに薄オレンジ色の四角い細長い何かを刺した。

多分、アイスクリームとさくらんぼと、そしてウエハースだろうと察しがつくが、はたしてその絵で結が理解できるのかと思う程度に、二十重のヒント絵は雑だった。

いや、年齢的なことを考えると、充分なのかもしれないが、多分、その絵だけを見せられて何を描いたものか当てろと言われたら、困る気がする。

結は二十重の絵を見て、

「つめたぃ……、ぁま、い……」

呟いた後、

「しろ、ぃ……？」

尋ねるように続けた。

「うん！　しろいの！　がらすのきれいなおさらにはいってるの！」

子供たちのおやつに、何度かアイスクリームを出したことがある。

手作りしたこともあるが、最近ではファミリーサイズの大容量のものを買ってきて、ディッシャーですくい取り、皿に載せて出してやっている。

そのほうが受けもいいし、ディッシャーは店でポテトサラダをちょっとお洒落に出す時にも使えるので買った。

結にも出したことがあるので、該当する食べ物にピンときたらしく、色鉛筆を手に取ると、黙々と描き出した。

それを十重、二十重、萌黄がじっと見つめ、「ほお……」だの「わぁ……」だの感心したような声を上げる。

そして約二十分後、見事としか言いようのないアイスクリームの絵が仕上がった。

「わぁ……ほんものみたい……！　ゆいちゃん、ありがとう！　また、ふぁいるにはさんでおくね！」

子供たちは、結に描いてもらった絵を、きちんとファイルに入れてしまっているのだ。

「つぎは、ぼく、かいてもらっていいですか？」

今度は萌黄がリクエストをする。

「えびふらいののった、かれーらいすがたべたいです」

絵のリクエストに『描いてほしい』ではなく『食べたい』と伝えてしまう萌黄の言葉に、結は食欲を刺激されてしまったのか、

「たべ、たぃ……。かれー……」

呟いて、秀尚を見た。

「かれー……、ぇび……」

「はいはい、夕食はエビフライの載ったカレーライスにしような」

特に夕食のメニューを決めていなかったこともあり、秀尚は軽く言って返してやる。

それに、萌黄は「やった！」と小さく喜んでから、結にハイタッチを促す。結はぎこちないながらも、子供たちがハイタッチしている光景を何度か見ていて覚えていたのか、手を出して萌黄の手と合わせる。

結が餓鬼だった頃に起きた事件で、一番傷ついたのは萌黄だ。

どうしても結が許せないのだと言って泣き、結が昇天した後、許してあげればよかったと自分の狭量を責めて泣いていた。

その後、こうして結が加ノ屋に来るようになって再会を果たしてから、萌黄は少しずつ結に対してのわだかまりを自分の力で消化して、今は、他の子供たちと接するように普通にしているように見える。

そんなふうに、成長していく子供たちの姿を見ていると、温かい気持ちになるのと同時

に、自分も頑張らないとな、と秀尚は思うのだ。

無論、頑張る方向は、みんなにおいしいものを食べてもらうこと、になるわけだが。

◆◇◆

その日、結は子供たちが館に帰るのと同時に、自分も帰っていった。

帰るまでに何枚も絵を描いて――ほとんどは子供たちのリクエストに応えたものだったので――子供たちが持ち帰ったが、数枚、結のお絵かき帳に残ったものを、その夜の居酒屋で秀尚は、集まってくる常連稲荷たちに見せた。

「これが結ちゃんの新作です」

「うわ、うまそう……！　こんな朝ご飯、毎朝食べたい……」

朝食の絵を見た濱旭はそう言って感動し、

「ちょっと、このハムエッグの卵の質感！　なんなの、プルップルさ加減がすごいんだけど……。ハムのジューシーな感じもすごいわ……」

時雨《しぐれ》も感心しかないといった様子だ。

「このソーダフロートもかなりすごいぞ……ガラスコップの微妙な屈折と、中の気泡の感じが……」

陽炎《かぎろい》もそう言って、大きく息を吐き、隣の冬雪《とうせつ》に見せる。それに冬雪も同意した様子で大きく頷いた後、

「驚いちゃうのは、これだけ高い絵のスキルがあるのに、発揮されるのが食べ物に限定されるってところだよね」

そう言い、その言葉に全員が苦笑した。

結は絵がうまい。

どんな画材も使いこなすし、プロレベルだと思う。

だが、それは冬雪が言ったとおり「食べ物」に限定すれば、の話なのだ。

食べ物以外の絵となると、年相応で、人物などは『丸に棒』を組み合わせてなんとか人っぽい？　というレベルだ。

「まあ、確かに……」

以前、結に「自分の姿」を描いてもらったことのある常連稲荷たちは苦笑いする。

「でも、この才能、何かに活かせないかなぁ……。絵だけでもおいしそうなんだよねぇ、本当に」

「確かにそうですね」

冬雪の呟きに、景仙《けいぜん》も同意する。

「画集とか作る？」

時雨が提案するが、

「うまいといっても、素人の画集だぞ？　自費出版にしても、そこそこ金がかかるだろうし、どこで売るんだ？」

陽炎が現実的なことを口にする。

「じゃあ出版社に持ち込んで、とかかな？」

冬雪が言うも、

「描き手のプロフィールが必要になるでしょう……。元餓鬼、なんていうのは最高の宣伝になるかもしれませんが……」

景仙が難しい顔をする。

「そうよね、正体一発バレはヤバいわ……」

時雨も腕を組み頷く。

うーん、と考えた後、濱旭が「ひらめいた！」という顔をした。

「大将、お店のメニューに、結ちゃんのイラスト使ったらどう？　写真で載ってるのも分かりやすくていいんだけど、イラストのメニューって、俺、好きなんだよね」

「お、それはいいいな」

「そうだね、こんなに上手に料理の絵が描けるなら、ちょうどいいね」

「メニューならみんなが目にしますし、楽しんでもらえると思います」

「秀《ひで》ちゃんの役にも立てるし、結ちゃんも喜ぶんじゃないかしら」

陽炎、冬雪、景仙、時雨も、そう言って同意する。

確かに、結の絵をメニューに使うのはいいかもしれない。ただ一つ問題があった。

「結ちゃん、お料理の名前を言っても覚えてないから……お店の料理を描いてもらうとしたら、来た時に描いてほしい料理を作って、それを描いてもらうしかないんですよね。あとはいつ来るか、ちょっと読めないし……」

結が来るのは気まぐれだ。連続で来たかと思えば、一週間は来なかったりもする。

「呼び出すか？」

陽炎が気軽に言う。

どうやら、陽炎たちは結を呼び出すことが可能らしく、以前も店に呼び出していた。

「いえ、わざわざそのために来てもらうのも悪いっていうか……。今度来た時に、話をしてみて、承諾もらってからにします。メニューに使うのは時間がかかるかもしれないけど、今すぐにしなきゃってわけでもないから……」

秀尚が返すと、

「結ちゃんが絵を描いてくれるってなったら、描き終わった絵、一回俺に貸してくれる？

スキャナーで取り込んで、メニューに使えるようにしとくから」

濱旭がそう言ってくれた。

「本職だものねぇ、そういうの」

時雨が笑うが、

「本職じゃないって。ちょっとパソコンいじれる人なら誰でもできる作業だけど、会社のスキャナー、わりといいの使ってるから、綺麗に取り込めると思うんだよね」

濱旭はそう謙遜する。

人界ではパソコン関係のテクニカルサポートの仕事についている彼は、客の要望や相談にも乗る関係で、本来の業務とは少し離れた内容のことでも一通りは頭に入っているらしい。

「時雨殿も仕事で使うんだろう？　パソコン」

陽炎が問うと、時雨は頷くが、

「使うけど、渡されたものを便利に使ってだけよ。言われたとおりに使ってるのにエラーとか出たら、お手上げ。殴って言うこと聞かせてやろうかと思うくらいよ」

と、物騒なことを言う。

「もー、パソコンに物理攻撃、やめてあげてよー。エラーが出るには必ず理由があるんだから」

そう返す濱旭に、

「その理由が分かんないから、腹が立つのよね。一晩、酒飲んで腹を割って話し合うくらいのことができればいいんだけど」

時雨が言い出し、それに秀尚も頷く。

「あー、分かります。携帯電話なんかでも、時々不調になったりすることあって、何もしてないのに？　なんで？　俺の持ち方が気に食わないとか、そういうこと？　みたいな気分になります」

「分かる！　いつからそんな繊細になったんだよ、みたいな気分になるよね！」

「なるなる！　もう本当に殴って言うこと聞かせてやりたくなるわ」

濱旭に続き、やはり時雨は物騒に言い、

「時雨殿は意外と武闘派だったか」

陽炎が少し驚いた様子で言う。

「時と場合によっては、よ。見習いの時って、武術も一応習うじゃない？　あの時間が一番嫌だったわ」

時雨がため息をつくのに、全員が頷く。

「時雨殿なら、そうおっしゃりそうな気がしました」

「まあ、確かにその方が、時雨殿らしいよね」

景仙と冬雪が言い、陽炎と濱旭も頷く。だが、

「模擬格闘なのに、本気でやりそうになっちゃって……教官の稲荷によく割って入られて、怒られたわ……」

遠い目をする時雨の言葉に、空気が一瞬凍った。

――本気でやりそうの「やる」って、「殺る」って書くタイプだなきっと……。

秀尚は胸の内で思いつつ、とりあえず、この空気を打破しようと、

「あ、今日のシメ、ご飯系と麺系と粉物系、どれにします？」

料理に話を振り、話題を変えた。

「ご飯系だと、何があるの」

「そうですね、ちょっとした丼物か、中身いろいろ変わりおにぎり、あとはさらっとお茶漬けですね。麺系はうどんですけど、焼きうどんも、なんちゃってパスタもありです。粉物だと定番はお好み焼きですけど、ネギ焼き、キャベツ焼きなんかも可能ですよ」

ご飯に加え、他の二品のバリエーションも伝えてみる。

すると稲荷たちは腕組みをして真剣な顔をして悩みだした。

「丼物、心惹かれるけど、なんちゃってパスタも楽しみなんだよね」

「ヘルシーに行くならキャベツ焼きだけど、変わりおにぎりって気になるわ」

「まずは、何系で攻めるかを考えませんか」

冬雪、時雨、そして意外に景仙も真剣な顔で言う。

「パスタ風ならカルボナーラ風か、それともナポリタン風か……いや、ペペロンチーノもあるな。しかしお好み焼き…ネギでキリッとシメるか……」

「えー、そんな三つ困る。シメだからお茶漬けでさらっと……いきたいけど、うどんで最後にお汁をすするっていうのもいいし……」

陽炎と濱旭も同じように悩み始めるのを見て、

——平和なんだなぁ……いいことだけど。

秀尚は思いながら、その間に、次の料理の仕上げを始める。

居酒屋時間はまだまだ序盤。

これからが本番だった。

◆◇◆

結が加ノ屋に来たのは二日後のことだった。

ランチタイムが終わる時間に厨房にやってきた結は、秀尚を見ると、

「おゃ、つ……」

と呟いた。

「いらっしゃい、結ちゃん。おやつ食べに来たんだ。何食べたい？」

そこまで聞いて秀尚は、先日の居酒屋で話題になっていた結のイラストをメニューに使う件を思い出した。

ちょうど、さっき、最後の客を送り出したところで、少し時間がある。

秀尚は今のうちに話してみることにして、結をイスに座らせると、

「結ちゃん、ちょっとお願いしたいことがあるんだけど、聞いてもらっていい？」

「ぉね……が、い……」

コテンと首を倒して聞いてくる。

「えっと、結ちゃん、絵を描くのとても上手だろう？　その絵を、俺の店のメニューに使いたいんだ」

「めゅー……」

「メニュー。おしながきとも言うかな。このお店ではこんなものが食べられますよって、みんなに見せる紙があるんだ。そこに、結ちゃんの絵を使いたいから、結ちゃんがこうやって来た時に、一つずつでいいから、描いてもらえないかなと思って。もちろん、描いてほしい料理を結ちゃんに出すから、結ちゃんはそれを食べて、食べた後、絵にしてくれ

たらって……」

「ぇ……を、かく……たべる……？」

「うん」

「ぉいしい……？」

「できるだけ、おいしく作る。お願いできる？」

秀尚が確認するように問うと、結は、

「ぉいしい……、かく……」

ふんわりと笑って頷いた。

「よし！　じゃあ、おやつ作ろうか……。あ、パンケーキでいいかな。食べたら、その絵を描いてくれる？」

今日はどうしてもこれが食べたい、というリクエストはないのか、パンケーキで承諾してくれた。

秀尚は結のために店で出す仕様でパンケーキを焼いて、飾りつける。

型を使って焼いたパンケーキ二つを重ね、溶かしバターを少し垂らし、固形バターを上にトッピングして、さらにメープルシロップ、そして皿の脇に生クリームと、小さなカップに入れたチョコレートシロップを添える。

「はい、お待たせしました」

結の前に出すと、結は結の中でいっぱいいっぱいの笑顔を見せ――何しろ喜怒哀楽が薄いので普段よりちょっとご機嫌かな、という程度にしか見えないのだが、付き合いが長くなるとテンションがマックスなのが分かる――じっとパンケーキを見た後、手を合わせた。

「はい、いただきます」

秀尚が代わりに言ってやると、コクコクと頷いてから、パンケーキを食べ始めた。

おいしいらしく、頭を小さく左右に振って、咀嚼する。

その様子を見ていると飽きないが、店のほうで扉の開く音がした。

どうやら、客のようだ。

「結ちゃん、ゆっくり食べてて」

秀尚はそう言って結の頭を軽く撫でると、客の応対をしに店に出た。

結が来ているからか、最初からそのつもりだったのかは分からないが、入ってきた客はサンドイッチセットを注文し、次に来た客もパンケーキセットを注文した。

その注文品を作っている間に、結は食べ終えて、イスから自力でずり下りると、階段を指差した。

「二階？　いいよ、行ってきて。階段、危ないから気をつけて上ってね」

秀尚が注意を促すと、結は頷き、二階の住居スペースへと向かった。

その後も閉店まで、客は途切れなかった。

結局、閉店時間に最後の客を見送るまで、結の様子を見に行ってやることはできなかったが、普段、店のある時に結が来た時はいつもこんな感じだ。

結は来る時もふらりと来るが、帰る時もふらりと帰る。

暖簾を入れて、玄関の鍵を閉めた秀尚は、一応、結がいるかどうか確認しに二階に向かった。

いるなら夕食を一緒にと思ったのだ。

だが、二階の部屋に結はいなかった。

やはり帰ったらしい。

机の上に広げられたままの結のお絵かき帳には、今日出したパンケーキが描かれていた。

色鉛筆で丁寧に色づけされたそれは、「本物そっくりだが、写真より味がある」といった様子で、思わずため息をつきたくなるようなものだった。

「もう……何これ、完璧じゃん……」

生地のふわふわ加減はもちろん、溶けだしたバターの角が柔らかくなってる感じ、添えられた生クリームの巻きまで、綺麗に再現されていた。

「本当、結ちゃんすごいなぁ……」

まじまじと見つめ、秀尚は折れたりしてしまわないように絵を丁寧にファイルに入れて、本棚にしまった。

二

結は相変わらず気まぐれにだがやってきて、そのたびに秀尚は絵を描いてもらった。一度に描く絵は、基本的に一枚。

滞在時間が長くて夕食も出した場合はそれも描いてくれるので二枚だ。そして、二ヶ月足らずで、定番商品は大体揃った。

そのイラストを居酒屋に来た稲荷たちに披露すると、

「やだ……この魚のトマトソース煮込み、すごくおいしそう……」

「プリン・ア・ラ・モード、すごいね。プリンの食感まで伝わってくる」

「わぁ……俺、今度昼間に来てパンケーキ食べたい。この生地のふわっふわな感じ……」

「……今度、妻に、サンドイッチセットを持ち帰ってやりたいのですが、値段を伺ってもいいでしょうか」

「俺はなんといっても、チーズカツレツだな！　昼間っからこれを食べながらビール……最高じゃないか」

全員、絶賛である。

「なんか、絵がすごすぎて……実物が出てきたらがっかりされないか、そっちが心配になってきてるんですけど……」

最近の心配は、むしろそっちだ。

「秀ちゃんの場合、心配ないと思うけど、あるわよね！　広告で見て、実際にお店で注文したら『え？』ってなっちゃう感じ」

時雨が秀尚の心配も分かる、といった様子で、類似の出来事を語る。

「見本の写真と違いすぎる問題だな。俺は、人界でハンバーガーを頼んだ時に、よく感じる……」

陽炎が言うと、

「分かる！　もう、中の具材の片寄り具合が酷すぎじゃないかなって時もあるし、もう今はそんなものだと割り切ってるけど、写真だとすっごいジューシーで肉厚に見えるパテが、『あれ？』って感じになるよね」

冬雪もそう言って、深く同意する様子で頷く。

「人界あるあるよねぇ」

時雨が呟くと、

「まあ、ああいうのってフードコーディネーターさんが一番おいしく見えるようにしてるって言うし……コーヒーだって、写真に撮る時、醤油を溶かしたのをコーヒーに見立てて使ってるって聞いたことあるよ」

濱旭が暴露し、それに全員が驚いた。

「醤油って……」

「さすがにそれはないだろう？」

と時雨と陽炎が言うが、

「コーヒーって、コーヒーに含まれてる油が表面に浮いちゃって、写真に撮るとそれが写っちゃうんだって。それで醤油使うって聞いたよ。今はどうか分からないけど」

濱旭が理由を言い、納得できるものなので、全員腕組みをする。

「うーん……醤油か」

「まあ、今は一般人がネットに上げる写真だって、アプリで加工しちゃうから……実際に販売する商品見本はもっと綺麗にって思っちゃう気持ちは理解できるっていうか……」

その中、

「それを考えたら、結のこの絵は、加ノ原殿が作られたものをそのまま描いているわけですから」

景仙が言い、濱旭は頷いた。

「むしろ『イラストそっくりのが出てきた、すごい！』って逆にテンション上がると思うんだよね！」

「あ、それは確かにあるね！　実物とメニューのイラストを一緒に写真に撮って、とかそういう楽しみ方もあるし」

「あるある！」

冬雪と時雨も同意して楽しげに言う。

「それならいいんですけど」

「意外におまえさん、心配性だな。そんなに繊細だとは思わなかったぞ」

笑って陽炎が言う。

「店の売り上げに直結しそうですから、そこは慎重ですよ、やっぱり……」

そう言う秀尚に、

「大丈夫だって！　じゃあ、この絵、預かって帰るね。あ、お店のメニュー表も借りて帰っていい？　似せてメニューのひな形作ってくる」

濱旭はそう言い、結の絵を回収してファイルに入れ、カバンにしまう。

「え、いいんですか？　仕事忙しいのに……」

「仕事の息抜きになるから」

「甘えちゃいなさいよ」

時雨が後押ししてくれたこともあって、秀尚は濱旭に店のメニューを渡した。

秀尚が手作りしたもので、いくつかの商品には写真を使っているが、ほとんどのものは文字だけだ。

　メニューを作り変えるたびに、これも写真撮っておけばよかったな、とか、今度作り変える時は……とか思うのだが、結局できないままのことが多い。

「すみません、お手間を取らせます」

「任せてー。じゃあ、預かって帰ります」

　渡したメニューもしまうと、

「さーて、俺、次何飲もうかなぁ……。あ、そうだ、冬雪殿、俺も一杯だけハイボール飲んでいい？」

　濱旭はウイスキーを自分で炭酸で割って飲んでいる冬雪に声をかける。

　糖質に気を遣ってか、冬雪は自分で持ち込んだウイスキーでハイボールを飲んでいることが多い。

　とはいえ、酒の肴に関しては何が出ても——最初は躊躇しても、結局は——食べているので、本気で気を遣っているのかどうかは怪しいものだが。

「いいよ、どうぞ」

　冬雪は炭酸水のペットボトルと、ウイスキーのボトルを濱旭に回した。

「わーい、いただきまーす」

嬉々としてハイボールを作る濱旭の前に、

「では、お酒がもっと進むように、これ、どうぞ」

秀尚は二つの大皿に分けて、鶏南蛮を出す。ランチセットによく出すメニューの一つだ。

「わぁ……おいしそう！」

早速全員が取り分け、添えたタルタルソースをたっぷりつけて食べ始める。

「あ、このソース、普通のタルタルソースじゃない！」

「ホントだわ…さっぱりしてて、漬物……？」

濱旭と時雨が言い、少し考えてから陽炎が、

「野沢菜だ！」

声を上げた。

「正解です。ピクルス刻んで入れるなら、漬物でも大丈夫なんじゃないかと思っていろいろ試してるんですけど、今のところ野沢菜が一番イケる気がします」

「なるほどね、ヘルシーな感じがしていいね」

そう言う冬雪に、

「感じがするだけだぞ。ピクルスのキュウリが野沢菜にかわっただけだからな」

陽炎は容赦なく返す。

「卵も入れてないから、その分、カロリーは低いと思いますけど……マヨネーズはたっぷ

りですからね」

秀尚が一応、説明をしてみるが、大して救いにはならなかったようだ。

「おいしいものって、本当に罪深いよね。でも、食べられるためにこうして目の前にやってきてくれたんだから、感謝しておいしくいただくよ」

冬雪はそう言って鶏南蛮にたっぷりソースを絡めて口に運ぶ。

「……うん、すごくおいしいね！　ソースに入ってるすりゴマも香ばしいし。いくらでも食べられちゃう感じだ」

「好きなだけ食え。俺はもう一本ビールだな」

陽炎はそう言って立ち上がり冷蔵庫に向かう。その陽炎の背中に、

「アタシと景仙殿にもビールちょうだい！」

時雨が声をかけて、この夜も居酒屋は閉店まで盛況なのだった。


数日後、一番乗りでやってきた濱旭が結の絵を取り込んだデータとメニューのひな形を持ってきてくれた。

「このUSBに絵のデータとエクセルで作ったメニューのひな形入れてあるけど……確か、大将、パソコン持ってたよね？」

「あ、はい」

「エクセル、使える？」

「いえ……ソフトが入ってるのは確認してるって程度です」

「あー、じゃあ今度基本操作だけ教えるね。写真差し替えたり、値段変えたりって作業程度なら簡単にできるから。とりあえず、今回はこんなふうに作ってみたから、よかったら使って」

　濱旭はプリントアウトしたメニューを持ってきてくれていた。

　秀尚が渡したメニューを元にしてはあるが、見やすく調整されていて、フォントも手書き風の柔らかな読みやすいものが使われていて、温かな感じが加ノ屋のイメージにちょうど合っていると思った。

「描いてもらった絵、全部同じ大きさでってなるとうるさくなっちゃったから、こんなふうに散らしてみたりしたんだけど、季節によって、メインで大きく使うのを変えたりしたらいいんじゃないかなって思うんだよね。今はまだ暑いから、涼しげにプチパフェとプリン・ア・ラ・モード大きくして作ってみた」

「あ、可愛いですね、すごくいいです！　……まだ、描いてもらってないメニューもあるから、地味に増えていくかもしれないですし」

「そしたら、またスキャンしてくるね。っていうか、本当に結ちゃん、食べ物の絵は上手だよね。俺、休憩時間とかにちょこちょここの作業してたんだけど、お腹が空いて仕方なくなっちゃって」

濱旭はそう言って、冷蔵庫からビールを出してきて、定位置に座る。

「大将、突き出し何?」

「今日は茹でオクラとトロロのおかか和えです」

「あ、じゃあ、ご飯もらうね！　それ載っけて食べる！」

嬉々として濱旭は茶碗を手に取ると、慣れた様子で炊飯ジャーを開け、ご飯をよそう。

そんな濱旭に、

「今日のランチの残りで悪いんですけど、ミニヒレカツ二つ余ってて、食べます?」

声をかけてみた。

「え、いいの?　食べる食べる！」

「じゃあ、揚げますね。後で残り物をいろいろ揚げる時に、まぎれさせておこうかと思ったんですけど、ケンカになっても困るんで……」

秀尚が言うと、

「あー、陽炎殿、本気出すからねー、そういう時」

濱旭が笑って言い、秀尚は「個人名は控えますけど、正解です」と笑って返して、ヒレカツを揚げ始めた。

新しくなった加ノ屋のメニュー表はものすごく好評だった。

「やだー、パンケーキ、イラストそのまんま！」

「ホントだ、可愛いーー！」

「メニューのイラストと並べて写真撮っちゃお」

おやつ時にやってきた女子グループが、きゃいきゃいと騒ぎながら写真を撮る。

何も写真を撮るのは女性客に限ったことではなく、男性客も秀尚が注文品を持っていくと、イラストそっくりの料理に「おお」と声を出したり、リアクションは薄くとも、後でやはり写真を撮っている様子だ。

ランチにしても、イラストのついているもののほうから先に出て売り切れる。

「加ノ原くん、このイラストって、写真加工して手描きにしてるん？」

ある日、遊びに来てくれた神原《かんばら》が注文したサンドイッチと、メニューに載っているイラストを比べて見ながら聞いた。

「いえ、知り合いが描いてくれたんです」

「え、ほんまに？　めっちゃそのまんまやん。手描き風加工かと思てた」

そう言う神原に、

「原本見ます?」

問うと「見たい」と返してきたので、秀尚は他に客がいなかったこともあって一度二階に戻り、絵の入ったファイルを持ってきた。

「これです」

「ありがとう」

礼を言って受け取った神原は、ファイルを開くと目を見開いた。

「うわ……ほんまに手描きやん。めっちゃすごい!　色鉛筆?」

「そうです」

「ほんま、すごい……。あ、この定食、食べたことない……こんなん見たら、めちゃくちゃ食べたなるやん」

「日替わりランチ、日によっては、絵のあるのとないのとになるんですけど、やっぱり絵のあるもののほうから売れます」

秀尚が説明すると「せやろなぁ……」と納得したように言ってから、

「この原本の絵、いくつか額に入れて飾ったらええのに」

提案という様子でもなく、ただ思ったことを口にしただけといった感じで言った。

「あー……その手がありましたね。そうしようかな……」

せっかくの絵だから、そうやって楽しんでもらうのもいいかもしれない。

「まあ、表に出す分傷むっていうか、色あせとかあるかもしれへんけど……額にUVカットのシート貼ったら、ちょっとましかなぁ」

「UVカットのシートって、ホームセンターにありますよね？」

問うと、神原は頷いた後、

「あ、俺、作って持ってこよか？」

そう言ってくれた。

「え、悪いですよ。神原さんだって、忙しいのに」

「それが、最近、一通りのモン作ってしもたから、ちょっと暇やねん。工作系好きやし、ホームセンターは俺の庭みたいなとこあるから」

神原の趣味は日曜大工だ。

いや、その言葉で片づけていい範囲ではない。

持っている工具はプロ並で、この店を借りて加ノ屋を始める時の補修やプチリフォームでも世話になった。

最近では、店の改装をした後の内装で、神原と二人で壁紙を貼ったりしたのだ。

「ありがたいですけど……」

「でも、材料費は出してもらうで？」

「それは当然です！」

「手間賃は……今度来た時、ランチ食べさせてもらおうかなぁ。この、魚のトマトソース煮込み」

と笑って言う神原の言葉に、秀尚は甘えることにした。

神原は次の自分の休みの時にとりあえず三つ、額を作って持ってきてくれた。百円均一の額に店と馴染むように塗装をしてくれ、アクリル板には予定どおりにUVカットのシートを貼ってくれていた。

そこに結の絵を入れて壁に飾ると、それもやはり客の目を引いた。

今はイス席が人気で、畳席はあまり人気がないのだが、あわいから子供たちが来た時には畳席が便利だし、赤ちゃんを連れてやってくる客も畳席を重宝してくれていたので、改装の時も秀尚は畳席をそのまま残した。

その、あまり人気のない畳席だが、結の絵の三つのうちの二つを、その壁に取りつけた。テーブル席にいた客が、料理が出るまでの間に畳席に上がって、絵をじっと見ていることも多い。

時には「売ってくれないか」と言う客もいた。

そのことを居酒屋で酒のネタとして話すと、

「そりゃそうでしょうよ。このイラストなら、商売できるわよ。パンケーキの絵とか、ちょっと部屋に飾ってたらお洒落って感じじゃない？」

「俺は、サンドイッチの絵がいいなぁ。でも、見てたら食べたくなっちゃうから、それはそれで困るんだよね」

時雨と濱旭は言い、

「俺はカツ定食の絵をもらおう。仕事を頑張ったらカツ定食って思って心の励みにできそうじゃないか？」

「僕はから揚げと、今度ビールかハイボールの絵を描いてほしいけど……結ちゃんにアルコールは無理だよね」

陽炎と冬雪も言う。

「私はこの新作の肉じゃがが……。ジャガイモのほっくりした感じがなんとも…」

景仙は渋いところを選んでくる。

とはいえ、みんな勝手に選んでいるだけだ。

「新作ってことは、結ちゃん、まだまだ絵を描いてくれてるんだ？」

「そうです。俺も、ちょっとずつメニューに新作加えたりするんで、それを描いてもらったり、まだ絵になってないのを描いてもらったりですね。でも気まぐれなので、先週は一回も来てなくて、今週はもう二回来ました。……結ちゃんって、普段、何をしてるんでしょうね？」

どこにいるかも分からなくて、常々不思議なのだ。

その秀尚の言葉に、

「それは、ちょっと教えられんな」

陽炎が言い、

「こっちの業界の秘密ってとこなのよ」

時雨も続ける。

どうやら、彼らは知っているらしい。

まあ、秘密と言うなら無理に聞き出すこともないのだが、

「うちに来るの、別に違反行為とか、そういうんじゃないですよね?」

誰かの目を盗んで来ているとか、そういうわけでないならいいな、と思って問う。

「ああ、それはない。公認だから安心しろ」

陽炎があっさりと言い、それに安堵した。

「それにしても、本当においしそうな絵よね……。ねえ、秀ちゃん、これって味噌煮込みのランチ?」

時雨が一枚の絵を指差し、問う。

「そうです。秋冬限定で日替わりランチに入れようかと思って」

「何曜日に入れるつもりなの? アタシ、その日、有休取って食べに来るわ!」

本気モードで言う時雨に、

「いつでも作りますよ?」

秀尚は返す。それに時雨は、

「あら、そんなの悪いわー」

全然悪いと思っていない様子で言う。

「じゃあ今、食べます? 食材、ちょっと変わっちゃいますけど」

「ううん、今日じゃなくていいわ。今日はもう、ちょっといろいろ食べちゃってるし……もうちょっと気温が下がってきてからお願い」

「分かりました。店で出すのも、もう少し先ですから、その頃に一度作りますね」

「だから秀ちゃん大好き。アンタが女の子だったら、本気で求婚するのに……」

時雨が言うと、

「時雨殿、抜け駆けよくない。俺だって大将が女子だったら求婚してるって!」

濱旭が続け、

「ちょっと待ったー! 友達からでお願いします!」

さらに陽炎が、乱入してきて、

「陽炎殿、それちょっと古くない? 第一印象で決めてました、よろしくお願いします」

そこに冬雪も乗っかってきて、話題はあっさり「人界で見て面白かったテレビネタ」へと流れる、今日もいい感じでほろ酔いの稲荷たちだった。

◇◆◇

それから一週間ほどしたある日、

「大将、ちょっとこれ見て」

居酒屋にやってきた濱旭はカバンから何かを取り出すと、配膳台の上に並べ始めた。

「あら、素敵じゃない」

「おお、いいな」

すでに来ていた時雨と陽炎が並べられたそれを見て言う。

それは、結の描いた絵をポストカードに印刷したものだった。

「わあ……、どうしたんですか？　これ」

秀尚が問うと、

「この前、結ちゃんの絵を飾りたいって話になった時に、ポストカードにしたら売れるんじゃないかなーって思って、結ちゃんの絵のデータは俺もまだ持ってたから、試しに五種類、十枚ずつプリントアウトしてみたんだ。レジのとこに置いて、一枚百円くらいで置いたら、買ってく人いるんじゃないかなーって思って。どうかな？」

濱旭はそう答えた。

「そりゃ、いるわよ。アタシだって欲しいもの。一枚百円で、全部セットは一割引きとかにすればどう？　アタシ買うわよ」

本気らしく時雨は財布を取り出した。

「いやいや、お稲荷様からお金をもらうわけにはいかないっていうか、濱旭さんが持ってきてくれたものだから、濱旭さんに払って……」

秀尚は慌てて、小銭を渡そうとする時雨を制止する。

「これはテスト販売だし、なんていうか……会社でクライアントへのサービス的にいろいろやってることもあって、今回もそれで会社の機械で出してるから俺がもらうわけにも」

濱旭も困った顔でいうが、

「でも、アタシだってタダでもらうわけにいかないっていうか、これはお金出さなきゃって感じよ？」

時雨も困った様子だ。

「では、今回は濱旭殿のご厚意ということで、加ノ原殿がお受け取りになって、時雨殿がお買い上げということにすればどうでしょう？　それでこの後、店でも販売をしてみて、売れるようなら本格的にポストカード販売をしてみる、ということで……経費はカードの売上から出せばよいと思いますし……」

景仙がそう提案すると、

「それ、いいね」

と冬雪は言い、陽炎も、

「うまくいけば、結は自分の食いぶちを稼ぐかもしれんな」

笑って言う。

「そうなってくれたら、嬉しいっていうか、結ちゃん的にも嬉しいと思うけど……」

「まあ、ものは試しだ。うん……今回は甘味ばっかりだな……。今度はカツ定食を頼む」

陽炎のその言葉に、秀尚は、

──カツ定食の絵を飾るって話、あれ、あの流れの中でのネタだと思ってたけど、本気だったんだ……。

心の中でひっそりと思いつつ「考えておきます」とだけ、返した。

こうして、加ノ屋のレジ横でひっそりと結のポストカードを置いて販売を始めたのだが、本当にひっそりと置いていただけにもかかわらず、売れた。

「この五種類だけなんですか？　メニューにあったクリームソーダとかは？」

とリクエストをしてくる客もいた。

結果、濱旭が持ってきてくれた分は一週間と経たず売り切れてしまい、濱旭が小ロットから刷ってくれる印刷会社を紹介してくれた。そこでポストカードの売り上げに少し秀尚が自分のお小遣いを投入して、刷ってもらうことにした。

そのポストカードが到着した時、秀尚は積み上がったポストカードを前に、若干やらかしてしまった感を覚えた。

一応、濱旭と相談して印刷する数と種類——今回は二種類増やした——を決めたのだが、

「考えてみたら、俺、年賀状でも一人でこんなに出さない……」

刷り上がったポストカードのお披露目を稲荷たちにしながら、秀尚は呟いた。

「まあ、最近は年賀状を出す枚数が年々減ってるって言うしね？」

冬雪はなんとかフォローしようと言ってくる。

「そうよ。もし残っちゃったら、それこそ年賀状とか、暑中見舞いに使えるわけだし、いい宣伝になるわよ」

時雨も言うが、さすがに七種類各五十枚の壁は、一般人の感覚では多かった。

「俺は百枚刷ってもイケると思ったんだけどなぁ……。五十枚も百枚も、値段的にはそんなに変わらないから、どうせなら多く刷ったほうが利益出るし」

濱旭は首を傾げる。

「なんだ……今回もカツ定食はないのか……」

陽炎はポストカードを見ながら残念そうに言う。

「一応候補に入れたんですけど……使いどころが分からないかもって思って……」

ネタとしては面白いだろうが、ネタとして買う人が何人いるか分からないので、今回は見送った。

「陽炎殿、うちのプリンターでポストカードにしてこようか？　それとも原本サイズで出す？」

濱旭が言うが、

「いや、こうなったら意地でも商品になるのを待つ」

陽炎はよく分からないこだわりを発揮していた。

そんな中、

「加ノ原殿、よければこれを」

景仙は懐から小さな四角い石のようなものを取り出した。

「なんですか？　……あ、ハンコ？」

受け取ったそれは長さが三センチほどで、印面が一センチ角のハンコだった。複雑な字体で何か一文字彫られていた。

「落款《らっかん》です。絵などの隅に捺《お》したりして使うのですが……結の名を彫ってみました」

「あ……これ、結って彫ってあるんだ……！」

「趣味で作っているものですが、絵ハガキの隅に捺したりして使っていただけたらと」

景仙の言葉に、

「あら、いいじゃない。結ちゃんのサイン代わりに。この大きさなら絵の邪魔になるってこともないし」

時雨は言い、

「景仙殿の趣味はやはり渋いな」

陽炎は感心したように言いながら、秀尚の手から落款を借りて見る。

「細かい仕事だね……。こんな根気、僕にはないよ」

冬雪はそれを横から覗き込みながらため息をつく。

「ありがとうございます。あとで、ポストカードに捺していきますね」

ありがたいプレゼントに礼を言い、秀尚は、空いた時間を見つけては結のポストカードに落款を捺して乾かしていった。

そして、再び店でポストカードを販売し始めたのだが、

「すみません、プリン・ア・ラ・モードのカードって、これで終わりですか？」

「サンドイッチ、ここにあるだけですか？」

レジ横の小さな販売スペースにいる女性客から声がかかる。

「二階に在庫があるので、取ってきます。ちょっと待っててもらえますか？」

秀尚は急いで二階に向かい、二種類の在庫を何枚か持ってきて補充する。

一種類につき五十枚もあれば、当分は大丈夫というか、絶対に残ると思っていたのに、半月でもうすでに半分以上、売れている。

おかげで印刷代金は賄われ、あとは純利になるのだ。

——うまくいけば、結は自分の食いぶちを稼ぐかもしれんな——。

いつだったか、陽炎が言った言葉が秀尚の脳裏に蘇り、大袈裟ではなく、本当に陽炎が言ったとおりになるのかもしれない、と思う。

その結は、今日も今日とてやってきて、秀尚が出した新作のカボチャのスイーツをおいしそうに食べた後、嬉しそうに二階に上っていった。

おそらく今頃は、お絵かきの真っ最中だろう。

——結ちゃんのお小遣い帳作ってあげて、それで管理しよう……。結ちゃんのリクエストで作ったものはとりあえずそこから代金もらって……、印刷代もそこから出せるだろうし……。

きゃっきゃと嬉しそうにポストカードを選ぶ女性客の様子を見ながら、秀尚はそんなことを思うのだった。

おわり

番外編②

オンライン女子会

「みんな集まってるー？　えーっと、一、二……」

時雨《しぐれ》はパソコンの画面に映っている顔馴染みの女子社員たちを確認する。

『ヨコさん、残業食らったんでちょっと遅れて入りますってー』

一人の女子社員がそう返事をしてきた。画面に映った彼女は――彼女に限らず、全員私服で、リラックスした様子が見えた。

時雨にしても一度シャワーを浴び、着替えたのはパジャマだ。一応女子会なので、雰囲気を壊さないようにベビーブルーの水玉パジャマを選んだ。

「あら、そうなのね。じゃあ、始めちゃいましょうか」

時雨が声をかけると『はーい』と一斉に声が聞こえてきて、

「では、オンライン女子会、始まりー」

時雨が開催を告げると、画面の向こうで女子たちが全員、それぞれにコップを手に乾杯を始めた。

今夜は、時雨と仲のいい女子社員たちが集まってのオンライン女子会なのである。

もっとも時雨は男子なので、本来であれば参加できない会なのであるが、なぜか彼女たちは女子会を開くことになると時雨にも声をかけてくる。

なんなら連絡用アプリの「女子会」グループの中に時雨も組み込まれていた。

話はいつも他愛のないことだ。

仕事の愚痴《ぐち》になることも結構あるが、最近多いのは、やはりコイバナ、ダイエット、旅行、コスメといったところだ。

「花《はな》ちゃん、その後、彼とは進展あったわけ？」

前回の女子会で恋愛相談になった女子社員に声をかける。

『あー、何もないっていうか……冷めちゃって』

花ちゃん、と呼ばれた女子社員の告白に、

『ええええ！』

『ちょっと、なにそれ！』

『この世の終わりみたいに悩んどいて、冷めたってどういうこと』

他の女子から総突っ込みが入る。

無理もないだろう。

前回の女子会で「気になる男子社員」が「近くの会社のOLと親しげに話していた」ことに動揺しまくって、接点はなんだったんだろうかとか、付き合ってるんだろうかとかグルグルと考え込み、しかしそんなことを聞く勇気もないし、むしろ顔をこっそり見るだけでいっぱいいっぱいなんですけどどうしたらいいですかと、うじうじ悩み、あげくの果てに泥酔しながら、泣いたのだ。

そんな彼女をもう一人の女子社員と一緒にタクシーで送り、幸い、家族と同居だったため家族に後を託したのは三ヶ月前である。

『だって、あの後、他社のOLさんとも一緒にいたから、単純に誰とでも親しげにできる人なんだなって分かったんですけど』

「ならよかったじゃない。それで、なんで冷めたのよ」

不可解で時雨が問うと、

『昼休みにドリンク買いに出た時に、ちょうど彼がすぐ前だったんですよね。それで何を買うのか見てたら、コーヒーに砂糖ミルク増量してたんです。もうそんなのコーヒーじゃないじゃないですか。カフェオレでよくないです？　なんか、どん引きしちゃって……』

花ちゃん――花岡《はなおか》はそう言った。その言葉に、

「『『理不尽《りふじん》』』」

全員、同時に突っ込む。

『ええええ、だって、コーヒーはブラック派なんですもん、私。普通の量の砂糖とコーヒーまでは許せますけど、増量するならもうコーヒー飲むなって感じじゃないですか？』

花岡はそう返してくる。

『その主張、分からなくはないけど……でもあれだけ騒いでて、それだけのことで？　って突っ込みたい気分になるのも当然でしょ？』

冷静にマキという女子社員が言う。

だがそれに対する花岡の言葉は、

『それだけのことで冷めちゃうくらい、彼に夢を見てただけです』

全員、納得しかなかった。

「いわゆる、興ざめってやつね」

時雨は言いながら、空になったグラスに新しい酒を注ぐ。

『そうなんですぅ――――！　夢見てた分だけ、一気に冷めちゃって』

花岡が言った後、

『あ、関係ないですけど、時雨先輩、今、何飲んでるんですか？』

時雨が持っているボトルが気になったらしく聞いてきた。

「これ？　ジンよ。ボンベイ・サファイア。女子会だし、いきなり日本酒ってのもどうかと思って適当にジュースで割って飲んでるわ」

時雨はそう言ってカメラにボトルをかざしてみせる。

『へぇ、綺麗な色の瓶ですね』

「でしょ？　それが気に入って買っちゃったってとこはあるわね。……そういえば、今日って何飲んでるかの紹介とか、おつまみとかしてなくない？　今さらだけど、アタシは今、ジンベースで適当に飲んでて、おつまみはこちらのいろいろなチーズを載せたクラッカーでございます」

クラッカーを載せた皿を画面に映し、言う。

『わー、シャレオツ。さすが時雨先輩！』

「最初だけよ。これ、食べ終わっちゃったら、塩辛瓶ごととか、あたりめとか、ジャーキーとかになるから。みんなは何飲んでんの？」

時雨が振ると、順番に、飲んでいるものとおつまみを紹介していく。みんな缶のカクテルかチューハイが多いようだ。その紹介が終わる頃、少し遅れて参加する、と言っていた横田《よこた》が入ってきた。

『遅れてすみませんー』

「お疲れー。今、飲み物とおつまみの紹介終わったところよ」

『そうなんですね！　私、今日はハイボールっていうか、サイダーで割ってるから甘いんですけど、それにチョコレートつまむ予定です』

『久しぶりにフルメンバー揃いましたね！』

女子会グループは時雨を入れて六人だ。事前に予定を入れていても、リスケだったり体調不良だったりで不参加になることも多く、全員が揃うことは珍しい。

そもそも今回、オンラインになったのも、なかなか揃わないので延び延びになり、開催できないので、

「とりあえず、みんなの顔見ながら飲んで喋れればいいんだったら、オンラインでやっ

ちゃわない？」

と、ストレスを溜めつつある女子たちの顔を見て、時雨が提案したからだ。

オンライン女子会は前にもやったことがある。

リアルで飲み会をすると、無事に帰れるかどうか不安になるほどの千鳥足の子が出たりして、結局時雨が送り届けたりすることになるのだが、オンラインだとみんな家なのでその心配がないので、時雨的には楽だ。

それにみんなも家に帰って着替えてリラックスモードなので、リアル飲み会よりも話がディープになったりする。

もちろんリラックスしすぎて、そのまま寝落ちする者も出るが、女子会は基本金曜の夜で翌日が休みなので、そのまま放置しても問題ない。

『時雨先輩、二課の宮北《みやきた》って時雨先輩的にどうです？』

「あー、めっちゃくちゃ眉整えてるあの子ね。何、狙ってんの？」

『私じゃないです。うちの部署で最近狙い目男子って名前を聞くから、時雨先輩目線でどんな感じか聞いてみたいと思って』

時雨目線で、というのは、同性として見た感じはどうかということだ。女子会に参加してはいても、時雨が男子であることはみんな忘れていないというか、時雨に関しては「どっちの目線でも話をしてくれる」という認識になっているのだ。

「調子乗りで、ちょっと馬鹿だけど、悪い子じゃないわよ。出世するかしないかで言うと、そこそこ。課長まではいけるけど、部長に昇るのは狭き門ね。一つ上に加藤《かとう》くんがいるからね」

『あー、加藤！　好みじゃないけど確かに仕事はできる！』

「加藤くんはモサいけど、磨《みが》けば光る可能性あるわよ。誰か磨きに行きなさいよ。そんでそのままゲットしちゃいなさい」

時雨は無責任に煽る。

『えー、ある程度時雨先輩が磨いてから、こっちに回してくださいよー』

笑いながら誰かが言う。それに全員が「それいい！」と笑い、女子たちの他愛もないお喋りは続いた。

◆◇◆

「時雨殿は、今日は随分遅いな」

その頃、加ノ屋《かのや》は今夜も常連稲荷たちが集《つど》っていた。

今日は時雨を除く四人が来ていたのだが、その中、陽炎《かぎろい》が聞いた。

「あ、今日は時雨さんお休みです」

秀尚《ひでひさ》は料理を作りながら返す。

「そうなのか？」

「あ、そっか。昨日、陽炎殿、仕事だったから来てないんだったね。今日、何か会社の女の子たちとオンラインで飲み会するんだって。いわゆる女子会的なやつ」

濱旭《はまあさひ》が説明する。

「時雨殿が女子会って……もはや、違和感ないのが怖いよね」

そう言うのは冬雪《とうせつ》で、その隣で景仙《けいぜん》も頷く。

「女子会か……。なのに縁遠いっていうのも、また不思議な話だな」

陽炎は言いながらパプリカのラザニア風を取り分ける。パプリカを上下に切って、器に見立ててそこにラザニア風に中身を詰め、蓋をした後、ホイルに包んでオーブンで焼く。評判がよければ店でも出そうと思って試作したものだ。

「うん、イケる。欲を言えばもう少しチーズが欲しい」

「えー、俺、今くらいのあっさり加減が好きかなぁ」

陽炎の言葉に濱旭が言い、

「パルメザンチーズを好みで足してもらえばどうかな」

すぐに冬雪は案を出してくる。

「じゃあ、基本これで出してみて、評判次第でローテーションに入れるかどうか決めることにします」

秀尚はそう答えてから、

「時雨さんって、絶対モテると思うんだけどなぁ。女の子の気持ちもよく分かるみたいだし……。大体、女心が分かんないって言って、モメること多いっぽいけど、時雨さんならその心配なさそうだし」

と首を傾げると、濱旭、陽炎、冬雪も「だよなぁ」といった様子で腕組みをする。その中景仙が軽く挙手し、

「あまりに近い存在すぎると、恋愛対象にならぬようです。……仲間意識のほうが強くなってしまって」

と、見解を述べると、全員「それだ」とため息をついた。

その頃、時雨は、

「えーっと、これがこの前言ってたグロスね。めちゃくちゃ潤《うるお》うし、匂いもいいから絶対に買いだと思う。色は四色あったけど、これは無色」

手持ちのグロスをメンバーたちに披露していた。

「無色だけど、ささやかにラメが入ってて……分かるかな、ちょっと出すわね」

時雨はグロスの蓋を開けると手の甲に塗り、画面の前に出して、いろいろ角度を変えてラメが見えるかどうかやってみる。

「アタシは男だから、むしろラメはないほうが使いやすいんだけど、この程度ならまあ、ギリOKかなって感じね。女子は控えめにツヤツヤする感じだからいいんじゃないかしら」

『あ、本当だ、ラメ入ってますね』

『色つきのほうもラメ入ってるんですか？』

「うん。でもこれと同じくらいのささやかさだから、使いやすいと思うわ」

『時雨先輩が紹介するグッズ、外れないからなぁ……シートパックもすごいよかったです』

「うるうるん、買ったのね。めっちゃ潤うでしょ？」

『超潤いますー』

みんなが心配したとおり、完全に同化していた、
その時、不意に時雨の携帯電話が鳴り——飲み会はパソコンでやっていた——ごめんなさいね、と言って時雨は画面を確認する。表示されていたのは会社の男性の同僚の名前だった。

「戸川《とがわ》からだわ。ちょっと出るわね……もしもし、何かあった？」

戸川は最近大きめのプロジェクトを抱えていて、忙しくしていた。その件で何かあったのかと思ったのだが、

『いや、今、何してんのかと思って。暇だったら、野郎どもで飲み会してるから来ないかなーって思ったんだけど、何してんの？　今』

酒の誘いだった。

「あー、アタシも今、飲み会の最中。会社の女の子たちとオンラインで女子会してんのよ」

『はぁ？　女子会？　ちょっとなんでおまえだけいつも女子会とか楽しいことに誘われるんだよ？』

「なんでって…あんたたちコスメトークできないでしょ？　それにこれは作戦会議も兼ねてんのよ。これからハロウィンに向けて限定ボックス出るお店もあるし、年末に向けてはそれこそコフレがいっぱい出るし」

『こふれ』

「そう、クリスマスコフレとかいろいろあんのよ。とにかくそういうことだから、そっちはそっちで楽しんで、じゃーね、おやすみ」

時雨はそう言って電話を切った後、

「電源落としちゃお」

と携帯の電源をオフにする。それに、

『時雨先輩、つめたーい』

『対応塩すぎるー』

と、いい感じに酔っている女子たちはげらげら笑う。

「いいのよ、つまみは塩だけってのが男ってもんだから」

時雨は軽くそう返し、

「で、この時季やっぱりまだまだ化粧崩れが大変じゃない？　アタシも男とはいえ、肌が脂ぎってくるのはヤダからいろいろ試してるんだけど、誰か秘策もってない？」

どこまでも女子と同化したトークを展開し、恋愛という意味では縁遠くなりつつも、女子とはどこまでも深い友情を育《はぐく》むのだった。

おわり

本書は書き下ろしです。

SH-053

こぎつね、わらわら
稲荷《いなり》神《がみ》のおまつり飯《めし》

2020年8月25日　第一刷発行

著者　松幸《まつゆき》かほ
発行者　日向晶
編集　株式会社メディアソフト
〒110-0016
東京都台東区台東4-27-5
TEL：03-5688-3510（代表）/ FAX：03-5688-3512
http://www.media-soft.biz/
発行　株式会社三交社
〒110-0016
東京都台東区台東4-20-9　大仙柴田ビル2階
TEL：03-5826-4424 / FAX：03-5826-4425
http://www.sanko-sha.com/

印刷　中央精版印刷株式会社
カバーデザイン　長﨑 綾（next door design）
題字デザイン　小柳萌加（next door design）
組版　大塚雅章（softmachine）
狐面協力　秋津屋（@amazkizne）
編集者　長塚宏子（株式会社メディアソフト）
菅 彩菜、川武當志乃、印藤 純（株式会社メディアソフト）

ISBN 978-4-8155-3524-7